『十四五』国家重点出版物出版规划项目

慕津锋 编

DIANLIANGQINGCHUN
GEMINGXIANLIEDEQINGCHUNJIYU

点亮青春

革命先烈的青春寄语

青海人民出版社

图书在版编目（CIP）数据

点亮青春：革命先烈的青春寄语 / 慕津锋编 .
西宁：青海人民出版社，2025. 3. -- ISBN 978-7-225
-06806-0

Ⅰ . I216.1

中国国家版本馆 CIP 数据核字第 2024FN2473 号

点亮青春

——革命先烈的青春寄语

慕津锋　编

出 版 人　樊原成

出版发行　青海人民出版社有限责任公司

西宁市五四西路71号　邮政编码：810023　电话：（0971）6143426（总编室）

发行热线　（0971）6143516 / 6137730

网　　址　http://www.qhrmcbs.com

印　　刷　西安五星印刷有限公司

经　　销　新华书店

开　　本　890mm×1240 mm 1/32

印　　张　11

字　　数　210 千

版　　次　2025 年 3 月第 1 版　2025 年 3 月第 1 次印刷

书　　号　ISBN 978-7-225-06806-0

定　　价　42.00 元

前　言

　　青春，是人一生中最具活力与激情的岁月，是人生旅途最美好的时光。在青春岁月中，我们不仅要追求个人的成长与发展，更要承担起对于国家与民族的责任。

　　2022 年 5 月 10 日，习近平总书记在出席庆祝中国共产主义青年团成立 100 周年大会时曾这样谈到青春："青春孕育无限希望，青年创造美好明天。一个民族只有寄望青春、永葆青春，才能兴旺发达。"在回顾新民主主义时期中国青年与时代关系时，总书记说："青年的命运，从来都同时代紧密相连。1840 年鸦片战争以后，中国逐步成为半殖民地半封建社会，国家蒙辱、人民蒙难、文明蒙尘，中华民族遭受了前所未有的劫难。一批又一批仁人志士为救国救民而苦苦追寻，一大批先进青年在'觉醒年代'纷纷觉醒。伟大的五四运动促进了马克思主义在中国的传播，拉开了新民主主义革命的序幕，也标志着中国青年成为推动中国社会变革的急先锋。青春力量一经觉醒，先进思想一经传播，中华大地便迅速呈现出轰轰烈烈的革命新气象。在马克思列宁主义同中国工人运动的紧密结合中，中国共产党应运而生。中国共产党一经诞生，就把关注的目光投向青年，把革命的希望寄予青年。"

革命先烈们用自己的生命和鲜血为国家与民族浴血奋斗，在奋斗的历程中，他们为我们留下了铿锵有力的青春寄语。先烈们的青春年华在革命的烽火中燃烧，他们的青春寄语在历史的长河中久久回荡，他们为我们树立起一座座光辉的丰碑。本书选编收录了这些闪烁着信仰之光的文字，所收录的"青春寄语"体式多样，有文，有诗，有歌，有家信，有遗言，等等。每篇都尽可能配了先烈的生平简介和照片，以便读者在阅读时能对先烈们多一些了解。但有一些先烈却没有找到图片资料，甚为遗憾，我们放了人民英雄纪念碑，以示怀念。

在先烈们看来，青年是国家和民族的未来，他们拥有无限的潜力和可能，肩负着推动国家、民族、社会进步和发展的重任。在中华民族面临危亡的时候，青年要有强烈的责任感和使命感，要勇于担当，积极投身于民族独立、人民解放和实现国家富强、人民幸福的事业中，要敢于勇往直前，不断追求进步。同时，青年要敢于尝试新事物，敢于创新和突破，学会独立思考和解决问题。在面对问题和困难时，要保持积极向上的心态。另外，还要特别注重培养良好品德和道德修养，做一个堂堂正正的人。读书与学习，同样是革命先烈认为青年应该具备的重要能力。通过读书，青年可以学到前人的智慧和经验，开阔自己的视野和思维。读书与学习，可以让中国青年更好地认识世界和社会，掌握中国革命、建设所需的知识。因此，青年要珍惜时间，多读书，好好学习，不断提高自己的知识水平和素质，从而为国家和民族做出属于自己的贡献。

现在的中国正高举中国特色社会主义伟大旗帜，为全面建设社会主义现代化国家而团结奋斗。这是一个全新的时代，这时候我们再次重温革命先烈们的青春寄语，不仅能在他们的字里行间中感受到对青年的希望与嘱托，更能感受到中华民族未来的青春与力量。这些寄语不仅是对我们当下的激励与鞭策，更是中华民族对未来的期望与憧憬。

我们党长期以来高度重视青年工作，努力吸纳追求真理、勇于革命的有为青年，深刻感知革命是青年人的事业，党的各项事业需要青年人的积极参与。让我们一起，以革命先烈们的青春寄语为指引，不忘初心、牢记使命，无论面临何种困难和挑战，无论前进的道路如何曲折坎坷，都要始终保持对党和人民的忠诚和热爱。我们要牢记习近平总书记的嘱托，做有理想、敢担当、能吃苦、肯奋斗的新时代好青年，坚定不移听党话、跟党走，以自己的实际行动点亮青春之路，为推进中国式现代化贡献青春力量！

编　者

2024 年 2 月

目 录

高君宇

先烈简介：

　　高君宇（1896~1925），原名高尚德，字锡三，山西静乐人，中国共产党早期著名政治活动家、理论家，北方党团组织主要创始人和负责人之一。1919 年，参加"五四运动"，为北京大学学生会负责人之一。1920 年，与邓中夏等共同组织北京大学马克思学说研究会。同年，加入北京共产主义小组，为全国最早的党员之一。1922 年，当选为中国社会主义青年团第一届中央执行委员会委员和中共第二届中央执行委员会委员。1925 年 3 月 5 日，在北京病逝。

在少年中国学会南京年会上的发言

人不可无一种主义，是无疑的。学会会员为创造少年中国便于分工互助，不可无一种共同主义，这亦是无疑的。那便如何能为学会产生一种共同的主义，不能今天无大略的决定。我以为主义不是宗教，是一种方法。是用他向各方面改造的方法，不限于政治经济方面。我不赞成先做各种事业，以求生产共同主义的话。因无共同主义，在先所做的事，尽有背道而驰的，无可以产生共同主义之理。故我信还是限定一期间，以研究主义，然后即规定一种主义的好。

致石评梅的信

评梅先生：

十五号的信接着了，送上的小册子也接着了吗？

来书嘱以后行踪随告，俾相研究，当如命；惟先生谦以"自弃"自居，视我能责以救济，恐我没有这大力量吧？我们常通信就是了！

"说不出的悲哀"，这恐是很普遍的重压在烦闷之青年口下一句话吧！我曾告你我是没有过烦闷的，也常拿这句话来告一切朋友，然而实际何尝是这样？只是我想着：世界而使人有悲哀，这世界是要换过了；所以我就决心来担我应负改造世界的责任了。这诚然是很大而繁难的工作，然而不这样，悲哀是何时终了的呢？我决心走我的路了，所以，对于过去的悲哀，只当着是他人的历史，没有什么迫切的感受了，有时忆起些烦闷的经过，随即努力将他们勉强忘去了。我很信换一个制度，青年们在现社会享受的悲哀是会免去的——虽然不能完全，所以我要我的意念和努力完全贯注在我要做的"改造"上去了。我不知你为何而起了悲哀，我们的交情还不至允许我来追问你这样，但我可断定你是现在世界桎梏下的呻吟呵！谁是要我们青年走他们烦闷之路的？——虚伪的社会罢！虚伪成了使我们悲哀的原因了，我们挨受的是他结下的苦果！我们忍着让着，这样唉声叹气了去一生吗？还是积极地起来，粉碎这些桎梏呢？都是悲哀者，因悲哀而失望，便走了消极不抗拒的路了；被悲哀而激起，来担当破灭悲哀原因的事业，就成了奋斗的人了。——千里程途，就分判在这一点！评梅，你还是受制造化运命之神吗？还是诉诸你自己的"力"呢？

愿你自信：你是很有力的，一切的不满意将由你自己的力量破碎了！过渡的我们，很容易彷徨了，像失业者踯躅在道旁的无所归依的。但我们只是往前抢着走吧！我们抢上前去迎未来的文化吧！

好了，祝你抢前去迎未来的文化吧！

君宇　静庐

一六，四，一九二三

李慰农

先烈简介：

　　李慰农（1895~1925），安徽巢县人。1912 年，考取芜湖省立第二甲种农业学校，是芜湖早期学生运动的组织者之一。1919 年底，赴法国勤工俭学。1922 年，与周恩来、赵世炎等在巴黎创建旅欧中国少年共产党，后转为中共正式党员。1923 年底，进入莫斯科东方大学学习。1925 年，到青岛参加党的工作，开展工人运动。7 月 26 日夜，不幸被北洋军阀逮捕。7 月 29 日，在青岛团岛海滨的沙滩上被秘密杀害。

游采石乘轮出发

浩浩长江天际流，风吹乐奏送行舟。

问谁敢击中流楫？舍却吾侪孰与俦！

注：作者游玩采石矶，见江水浩荡，有感而作。感从国事而来。辛亥革命失败后，军阀统治下的中国四分五裂，官吏贪污昏聩，民众贫穷困苦，列强霸蛮横行，作为一个志在天下的有为青年，作者岂能无动于衷？他想起一千六百多年前的祖逖，同样是家国破裂，同样是舟行江中，祖逖击楫中流，以报国家，今天的中国，谁能救之？舍我其谁！

王尽美

先烈简介：

　　王尽美（1898~1925），原名王瑞俊，山东诸城人。山东党组织早期组织者和领导者，中国共产党创始人之一。1920年，与邓恩铭等发起成立"励新学会"，创办《励新》半月刊，研究和传播新思想、新文化。1921年7月，参加中共一大。1922年7月，出席中共二大。在终日的奔波中，积劳成疾感染肺结核病。1925年8月19日，病逝于青岛。

我们为什么要发行这种半月刊

新思潮发生以来，各处都有人树起极显明的旗帜来，高倡文化运动，思想界受了这种影响，发生了空前大变动，凡稍有觉悟的人，都照着这条路上走了，这当然是很有希望的一种好现象。

但是新思潮未发生以前，大多数青年，安安稳稳地，埋头于故纸堆里，并不去管社会怎样，人类怎样，就觉着除了"老实读书"以外，并没有旁的问题似的。近来，新思潮蓬蓬勃勃过来以后，便与前大不相同了。大多数青年，已经有了觉悟，便觉着老实读书以外，个人和社会、和人类还有种关系，非常重大，已注意到这上头，便对于从前一切的制度、学说、风俗等都发生了不满意，都从根本上怀疑起来，于是觉得满眼前里，无一处，无一事，不都是些很重要的问题了。我们一般青年对于这种问题，想得痛痛快快地给他一个解决，确实困难丛生，往往在左思右想，总是解决不来，只觉得个人肉体，和在刀心剑林里似的，不舒服极了，精神上更不消说了，感受极大的苦痛，长此一往，一定发生种种危险。

同人等想到这样，见有联络同志，组织会社之必要，便以精神的结合，组成励新学会，拟定宗旨：研究学理，促进文化。

对于种种的问题，都想着一个一个地，给他讨论一个解决的方法，好去和黑暗环境奋斗，得到结果，便可以宣布出来，争得大家的同意，请求大家的指教。

我们所以要发行这种半月刊，就是为的这个。

遗　嘱

　　嘱全体同志好好工作，为无产阶级和全人类的解放和共
产主义事业的彻底实现而奋斗到底！

　　注：这篇遗嘱是王尽美同志病危时口述，记录写好后，王尽美同
志曾过目认可。

孙炳文

先烈简介：

　　孙炳文（1885~1927），四川南溪人。1908 年，入京师大学堂学习。1911 年，加入同盟会。后与朱德一起留学德国，1922 年，经周恩来介绍加入中国共产党。1925 年回国，曾任国民革命军总政治部秘书长。1927 年 4 月 16 日，途经上海时，被国民党特务逮捕。同年 4 月 20 日，被杀害于龙华。

给佩卿贤甥婿爱弟的信

佩卿贤甥婿爱弟：

前年接弟一书，嗣即详函吾师赵尧生，未久文亦归国。经年复渡雪漠而西，劳生无与于学，至少为痛叹也！

去年觏家兄于彝陵，询答弟经过极详细。以我草草不欲重劳弟虑，迫今兹乃有此函，其中情歉疚可知。

我在此，以十分七日力治心理学，余三分二治社会学，其一治哲学；课事极繁而条理至密，以我过时而又奇拙，羞花肯上头否不自知。然亟以一勤学自拔，每日工作至少在十三小时以上；儿时筋力，使资应付。虽才历险病（泻血，鼻疮）二次，自省非缘劬学，后此不终攻也。

弟本期任授功课若干门？每门每周若干时？课外治何业？身心两安健否？暑假旋南溪否？接尊乡信否？潭弟计均

安吉？深念！盼暇中——以示。

顷接家兄函，一月以后，将赴渝或竟并至宜，弟若到南，或者我兄已归。我意，若校事早完，弟何莫与吾兄共出，更北走燕晋（家兄意，若到宜，便东北入燕视文妻子）。度可留，即暂驻（北大及师大均有研究科）；不足留，亦趁此为短期之远游，与家兄俱，两不寂寞，弟深度能行否也（文妻入北大文学系，似本期毕业。宁、济、兰均在孔德校，各子亦拟于暑期入此校幼稚班；兰女以上均知念吾弟也）？

杰来函谓暑假中率闰南回川一行，弟得渠书否？家兄函又及慎甥在女校极勤业，闻之欣慰极。附一闻，此间长夏犹时作嫩寒，回忆故乡风物，不禁怅然！时艰，万万珍重！

刘荣安弟英年而逝，想念时辄堕泪不禁！旧游良觌，希为文道念！

文

六月三号德国规庭根发

萧楚女

先烈简介：

　　萧楚女（1893~1927），原名萧树烈，又名萧秋，"楚女"乃笔名，湖北汉阳人。中国共产党早期青年运动领导人之一，优秀理论家。1919年"五四运动"后，接触并努力学习马克思主义。1920年初，参加恽代英在武汉创办的"利群书社"。1922年，加入中国共产党；后曾协助恽代英领导团中央工作和编辑《中国青年》。1927年4月22日，在南京牺牲。

革命的信仰

我们眼前这般青年，在自己的内心生活上，大都没有什么信仰。我们不但不信仰什么，并且有时连自己的力量也还要否定了，我们常常问我们自己，我们所以如此，并不是因为我们有什么科学的怀疑精神——不肯轻易相信什么。一切摆在我们意识阈门口的东西，我们实没曾预先审查过：到底这些值不值得信仰，或应不应该信仰。我们只是单纯地、无条件地任什么都不信仰。这，实在是一种盲目的"否认狂"。我们生活上的一切烦恼、沉闷、悲哀、痛苦，都是发于这个根源。我们现在好比彷徨在大海里，茫无边沿的凶涛恶浪不断地扑身而来，我们的"一生"只好清醒明白地让彼卷了去！

我们要晓得：一个人的内心没有信仰，就是那个人没有

"人生观"。没有人生观的生活，等于没有甜味的蜜、没有香气的花。何况我们现在方且生活在这样的一个中国社会，这样的一个时代的中国社会里？花，蜜，岂止"不甜""无香"而已，简直连不甜无香的枯干躯壳也还不能存在呢！万恶的社会之海的凶涛恶浪，不是已经把我们浮荡昏眩得差不多要死了吗？我们不是对于一切都已没有了一点勇气、一毫决心，去与之对抗了吗？我们怕毁谤、怕诬构、怕耻辱、怕失败、怕穷、怕死：我们是一事也不敢做，一步也不敢走了；我们已经成了驯犬，帖服在黑暗的恶魔之下——我们做了家庭的奴隶，做了军阀和国际资本帝国主义的俘虏，做了一切非道德、不道德的习惯的降服者。我们是几乎连我自己也不认得了！

我们应该想一想：我们现在这种生活还能算是"人"的生活——还能算是人类之中的堂堂的"青年之人"的生活吗？我们试一追忆我们几年前的那些"五四朋友"，和我们那几十年、几百年、几千年前的许多"人类之表率者"。我们可不问一问苏格拉底何以能那么从容而死；颜真卿、颜杲卿何以能那么抗贼不屈吗？文天祥怎么不怕死呢？史可法怎么不愿生呢？马丁路德何以有如此大胆？克林威尔何从得那样魄力？徐锡麟的手枪，何以放得那样快？秋瑾的血，何以流得那样红？黄花岗的烈士何以死得那么齐整？五四朋友又何以打得那么高兴？

这岂有什么不可思议的奥妙！都只为他们各人的内心，各有个充实其自我之意义的信仰而已！有所信仰，所以内心充实；内心充实，所以没有一隙可以为外来客气所乘——他们的人格就成了一个勇气与决心相结合的结实物了！他们的生命之前途，是无穷尽的，是光明的；他们并不看见那些可怕的东西——于是他们大踏步地前进了！徐锡麟相信满清必倒，汉族必能光复，所以徐锡麟很快地射击了！苏格拉底相信真理永在，所以苏格拉底从容死了！五四的朋友，和黄花岗的烈士们，相信中国一定可以从他们的呐喊声中解放出来；所以便一口气地演了那大打大杀的全武行了！我们的怯懦，我们的畏首畏尾，我们的容忍苟活，容忍得军阀、帝国主义……横行一世：都只因为我们没有像苏格拉底去相信真理，没有像徐锡麟去肯定自己的力量罢了！

现在，死气弥漫了我们的周围了！"请看今日之域中，竟是谁家之天下？"——翘首燕云，能勿悲乎？朋友！我们读书也读够了，我们现在应当不管它是什么，要各自赶快去找一个合乎我们现在的生活，和我们对于人类前途所负的使命的需要之物，以为安身立命之地——以充实我们的生活，把自己和自己所居的社会，一齐从那无边的黑暗之中，拯拔出来。

村妇心性的青年

我所最引为疾首痛心的一件事，便是许多青年朋友，无处不以"小人之心"度人。一个教员，稍微热心一点，在他的应教的功课之外，和同学们组织什么会，或是做些课外的讲演，就必有人要说"这是联络学生，抱紧饭碗"。再不然，便说"他是要利用我们"。至于这个教员所说的、所做的，究竟是些什么？他所要利用于我的，究竟有无一定的证据？即令是在利用我，他那利用我的目的究竟是不是为他自己个人的私利？这些，却统统不管。最伤心的（是）我去年冬季在四川一个曾经一次思想大解放，曾经获得过极光辉的荣誉的学校里也看见有这种风气。"应当不应当"？还是另一个问题。我只不晓得青年们，天天怀了这样的心思，拿了这样的一副眼光去看一切世界，那个长久的日子，是怎么能够过下去的！一个人陷入了这样的仿佛四方都是对于我有什么计算的一种自心催眠的猜疑中，那是何等的苦恼呀！

我前几年当革命党，因为怕侦探捉我，曾经把一切人都看为是有所谋害于我的。那时，内心生活，简直没有一刻安宁。所以我觉得青年们如此观人，日子一定不好过。

但，这尚犹可说。因为现在一般办学的猪狗，本来大多数都是用娼妓式的骗局，向学生哄得一碗饭的。青年们屡遭他们的诡谋欺骗，却也难怪如此。然而，有时我又看见一种纯乎与此不同的事。青年们的心境，却还是与对此一样。这就不能不更令人叹息了！譬如当极冷的雪天的晚上，有一个中年妇人和一个小孩，袒露了肉体，在街路旁边，摆上一张"寻夫不遇，祈求拯拔"的哀启——求人施舍。当这种情境入眼之时，青年们不但毫无所动，不但一钱不舍；反转来拉住我把给伊的钱说："这是假的，这是一种的营业——你不要上当了！"我的好兄弟！我的聪明的哲学家！谁不知这是假的——这是一种营业！然而一个人至于选择到这种营业，至于不得不做这样的假事，不更觉得可怜——不尤其有予以拯救的必要吗？上当！我以为我们人类，对于这种当，不妨多上一点——而且，做了一个人，便是应该要上这种当的。自然，"煦煦为仁，孑孑为义"，不是我们这般以改造社会为己任的人所当有的态度。我从来就反对慈善主义，反对改良运动。我们是需要更彻底的革命，需要整个的全部改造的。然而我以为我们的"彻底革命"与"全部改造"却不可不先有个"肯上这个妇人的欺骗之当"的心做底子。人若没有这个底子，我敢说他的一切慷慨、豪侠、仁义道德之谈——便都是口头的、不能实践的。我们可以反对专门只去做慈善事业，我们却不可以没有一个慈善的恻隐之心。现在的青年们乃至连这个"当"也不肯上，其计算之心，可说无微不至了！计算是发源于什么地方呢？"自私"而已！哼！读书！读书做人而为社会服务！好兄弟！你们且在半夜里想想吧！你们如此的刻薄，如此连一个"上当"的勇气都没有，你们将来能做什么？

我的唯一的亲爱的兄弟们，我诚恳地希望你们，忠告你们：你们正不必如此地猜防着教职员，正不必如此地对待那可怜的妇人和小孩。你们应当积极地拿出你们的勇气来，去严格地判别那个教职员，果真不好，你便应当驱逐了他——空只猜疑着，那便只说明你自己是个怯懦之徒，说明你不配列身于二十世纪的新青年之列，且不配做一个未来的新中国之国民。你们尤应当积极地去想一想那妇人和小孩，何以要用如此的苦肉计来诉之于我们的感情以活残生？你们应当想一想这类心理的营业，是什么制度的产物。勇敢的大将，应当去直攻罪恶之本垒呀！徒然地吝一钱以表出我的精明，我的不上当的刻薄，那只是一种人格自杀，一种的亡国的预期罢了！

兄弟们！你们想想，我说你们的刻薄可错了吗？我希望我们能够做一个堂堂正正明枪大刀的好汉；不要做那中心猜疑小眉小眼的村妇！

革命中学生应持的态度（节录）

大家都知道中国现在除了革命没有第二条生路可走。大家都知道中国今后的革命必须建筑在民众的基础上。大家都知道在目前能负这个使命而且负到民众间去的，只有我们青年学生。然则我们这些青年学生对于一般民众，究应持一个如何的态度呢？

我们要晓得中国的民众，在他们的生活上，他们并不是还没有感觉着革命的必要，而且他们也并不是不能去干革命。他们目下所差的，只是还没有了解革命可以给予他们生活上以切实的幸福之保证。我们所应从事的，便是在怎么样使他们得到这个了解——换句话说，便是怎么样使他们信仰他们所望的好生活，只有革命能够给他。要做成这个功夫，那就须把革命弄得处处都在他们的生活上去着想。我们革命，要是为他们而革命。革命的中心，要是民众所真正需要的东西。从前一般革命党，都只以自己为中心，所有的革命运动，都只是在那里发泄他们那知识阶级的不平。他们尽管抽象地引了许多学说，论那什么宪法、民权、共和，实际上一点儿不与一般民众的生活发生关系。所以他们就从兴中会时代一直闹到最近的国民党改组以前，总不能在民众中间得到真实的地盘。所以他们的革命，革来革去总还是个不成功，而反惹得人民嫌恶。人民所需要的，只是"和平与面包"。真的革命，只是个"胃的问题"。我们今后应该切实地钻入民众间去，研究他们的实际痛苦是些什么？他们所希望的何在？什么东西才是他们所以感觉着必须革命的？恽代英说："倘若我们能有一个切实的方法——可以马上把一切物价低减下来的——提供于民众之前，以为革命的保证，则民众之乐于革命，勇于进前，当较我们过之百倍。"并云："民众所望的只是这一类生活上的切实东西，他们所以至今还眼巴巴地希望着'真命天子'那个奇迹，也无非是为了他可以给他们以马上可以兑现的好的生活！"这话，实在是一个"中国的革命哲学"之结论。我们倘若每个人——每个做革命的酵母的青年，都集注精神于这个态度上，切切实实一步一步地做去——一面为学校中的青年运动，以吸合更多的同此见解之同志；一面为农工运动，去使一般民众肯定他们的命运与革命的必然关系，则中国的革命，实在只是个有把握的十年八年便可成功的事。

中外古今的历史都曾教训过我们，哪一个时代、哪一个民族、哪一个国家的革命，不是这样地起于人民的实际要求，不是这样地成功于人民的生活迫切？我们只抱着这个原则好了！无论在校内校外，我们只少发些抽象的哲理高论，多注重于具体的实际问题便得。自然关于社会改革之学理的方面，我们还是不可便尔丢去——但我们总当一反从前那种不问那为革命之中心的人民如何茫然，如何勿需，而只唱自己的二簧的态度。我们现在应该去顺着民众唱那为他们所能领会的小调了！"多研究问题，少谈些主义"，这句话虽未免有些人觉得不满。然而我们从一种的主义上去切实地研究民众——研究现实，总是应该的……认定了这样的一些社会问题，去切实地以民众为中心，对于民众表示着"我是为他们而革命"，而且还叫他们知道他们自己亦只是为自己而革命——我不是一个革命的知识者，我只是一个革命的"你们民众的仆人"，这便是我们革命中青年在今日所应持的唯一态度！

李大钊

先烈简介：

  李大钊（1889~1927），字守常，河北乐亭人。中国共产党主要创始人之一，伟大的马克思主义者，杰出的无产阶级革命家。1919年，参与领导五四运动。1921年7月，促成中国共产党第一次全国代表大会召开。中国共产党成立后，李大钊代表党中央指导北方的工作。1927年4月6日，被军阀张作霖逮捕。在狱中，坚贞不屈。1927年4月28日，在北京英勇就义。

青春寄语：

青年所以贡其精诚于吾之国家若民族者，不在白发中华之保存，而在青春中华之创造

青年之字典，无"困难"之字，青年之口头，无"障碍"之语；惟知跃进，惟知雄飞，惟知本其自由之精神，奇僻之思想，锐敏之直觉，活泼之生命，以创造环境，征服历史

《晨钟》之使命——青春中华之创造

一日有一日之黎明，一稘有一稘之黎明，个人有个人之青春，国家有国家之青春。今者，白发之中华垂亡，青春之中华未孕，旧稘之黄昏已去，新稘之黎明将来。际兹方死方生、方毁方成、方破坏方建设、方废落方开敷之会，吾侪振此"晨钟"，期与我慷慨悲壮之青年，活泼泼地之青年，日日迎黎明之朝气，尽二十稘黎明中当尽之努力，人人奋青春之元气，发新中华青春中应发之曙光，由是一一叩发一一声，一一声觉一一梦，俾吾民族之自我的自觉，自我之民族的自

觉，一一彻底，急起直追，勇往奋进，径造自由神前，索我理想之中华、青春之中华，幸勿姑息迁延，韶光坐误。人已汲新泉，尝新炊，而我犹卧榻横陈，荒娱于白发中华、残年风烛之中，沉鼾于睡眠中华、黄粱酣梦之里也。

外人之诋吾者，辄曰：中华之国家，待亡之国家也；中华之民族，衰老之民族也。斯语一入吾有精神、有血气、有魂、有胆之青年耳中，鲜不勃然变色，思与四亿同胞发奋为雄，以雪斯言之奇辱者。顾吾以为宇宙大化之流行，盛衰起伏，循环无已，生者不能无死，毁者必有所成，健壮之前有衰颓，老大之后有青春，新生命之诞生，固常在累累坟墓之中也。吾之国家若民族，历数千年而巍然独存，往古来今，罕有其匹，由今论之，始云衰老，始云颓亡，斯何足讳，亦何足伤，更何足沮丧吾青年之精神，消沉吾青年之意气！吾人须知吾之国家若民族，所以扬其光华于二十秩之世界者，不在陈腐中华之不死，而在新荣中华之再生；青年所以贡其精诚于吾之国家若民族者，不在白发中华之保存，而在青春中华之创造。《晨钟》所以效命于胎孕青春中华之青年之前者，不在惜恋黤黤就木之中华，而在欢迎呱呱坠地之中华。是故中华自身无所谓运命也，而以青年之运命为运命；《晨钟》自身无所谓使命也，而以青年之使命为使命。青年不死，即中华不亡。《晨钟》之声，即青年之舌，国家不可一日无青年，青年不可一日无觉醒，青春中华之克创造与否，当于青年之觉醒与否卜之，青年之克觉醒与否，当于《晨钟》之壮快与否卜之矣。

过去之中华，老辈所有之中华，历史之中华，坟墓中之中华也。未来之中华，青年所有之中华，理想之中华，胎孕中之中华也。坟墓中之中华，尽可视为老辈之纪录，而拱手以让之老辈，俾携以俱去。胎孕中之中华，则断不许老辈以其沉滞颓废、衰朽枯窘之血液，侵及其新生命。盖一切之新创造、新机运，乃吾青年独有之特权。老辈之于社会，自其长于年龄、富于经验之点，吾人固可与以相当之敬礼；即令以此自重，而轻蔑吾青年，嘲骂吾青年，诽谤吾青年，凌辱吾青年，吾人亦皆能忍受。独至并此独有之特权而侵之，则毅然以用排除之手段，而无所于踌躇，无所于逊谢。须知吾青年之生，为自我而生，非为彼老辈而生；青春中华之创造，为青年而造，非为彼老辈而造也。

　　老辈之灵明，蔽翳于经验，而青年脑中无所谓经验也。老辈之精神，局蹐于环境，而青年眼中无所谓环境也。老辈之文明，和解之文明也，与境遇和解，与时代和解，与经验和解。青年之文明，奋斗之文明也，与境遇奋斗，与时代奋斗，与经验奋斗。故青年者，人生之王，人生之春，人生之华也。青年之字典，无"困难"之字，青年之口头，无"障碍"之语；惟知跃进，惟知雄飞，惟知本其自由之精神，奇僻之思想，锐敏之直觉，活泼之生命，以创造环境，征服历史。老辈对于青年之道义，亦当尊重其精神，其思想，其直觉，其生命，而不可抑塞其精神，其思想，其直觉，其生命。苟老辈有以柔顺服从之义规戒青年，以遏其迈往之气、豪放之才者，是无异于劝青年之自杀也。苟老辈有不知苏生，不知蜕化，而犹逆宇宙之进运，投青年于废墟之中者，吾青年有对于揭反抗之旗之权利也。

今日之中华，犹是老辈把持之中华也，古董陈列之中华也。今日中华之青年，犹是崇拜老辈之青年，崇拜古董之青年也。人先失其青春，则其人无元气；国家丧其青年，则其国无生机。举一国之青年，自沉于荒冢之内，自缚于偶像之前，破坏其理想，黯郁其灵光，遂令皓首皤皤之老翁，昂头阔步，以陟于社会枢要之地，据为首丘终老之所，而欲其国不为待亡之国，其族不为濒死之族，乌可得耶？吾尝稔究其故矣，此其咎不在老辈之不解青年心理，不与青年同情，而在青年之不能与老辈宣战，不能与老辈格斗。盖彼老辈之半体，已埋没于黄土一抔之中，更安有如许之精神气力，与青年交绥用武者？果或有之，吾青年亦乐引为良师益友，不敢侪之于一般老辈之列，而葬于荒冢之中矣。吾国所以演成今象者，非彼老辈之强，乃吾青年之弱，非彼旧人之勇，乃吾新人之怯，非吾国之多老辈多旧人，乃吾国之无青年无新人耳！非绝无青年，绝无新人，有之而乏慷慨悲壮之精神、起死回天之气力耳！此则不能不求青年之自觉与反省，不能不需《晨钟》之奋发与努力者矣。

由来新文明之诞生，必有新文艺为之先声，而新文艺之勃兴，尤必赖有一二哲人，犯当世之不韪，发挥其理想，振其自我之权威，为自我觉醒之绝叫，而后当时有众之沉梦，赖以惊破。欧人促于科学之进步，而为由耶教桎梏解放之运动者，起于路德一辈之声也。法兰西人冒革命之血潮，认得自我之光明，而开近世自由政治之轨者，起于孟德斯鸠、卢骚、福禄特尔诸子之声也。他如狄卡儿、倍根、秀母、康德之徒，其于当世，亦皆在破坏者、怀疑主义者之列，而清新之哲学、艺术、法制、伦理，莫不胚孕于彼等之思潮。萨兰德、海尔特尔、冷新，乃至改得、西尔列尔之流，其于当代，因亦尝见诋为异端，而德意志帝国之统一，殆即苞蕾于彼等热烈之想象力。彼其破丹败奥，摧法征俄，风靡巴尔干半岛与海王国，抗战不屈之德意志魂，非俾斯麦、特赖克、白仑哈的之成绩，乃讴歌德意志文化先声之青年思想家、艺术家所造之基础也。世尝啧啧称海聂之名矣，然但知其为沉哀之诗人，而不知其为"青年德意志"弹奏之人也。所谓"青年德意志"运动者，以一八四八年之革命为中心，而德国国民绝叫人文改造□□□也。彼等先俾斯麦、摩尔托克、维廉一世而起，于其国民之精神，与以痛烈之激刺。当是时，海聂、古秋阔、文巴古、门德、洛北诸子，实为其魁俊，各奋其颖新之笔，掊击时政，攻排旧制，否认偶像的道德，诅咒形式的信仰，冲决一切陈腐之历史，破坏一切固有之文明，扬布人生复活国家再造之声，而以使德意志民族回春、德意志帝国建于纯美青年之手为理想，此其孕育胚胎之世，距德意志之统一，才二十载，距今亦不过六十余年，而其民族之声威，文明之光彩，已足以震耀世界，征服世界，改造世界而有余。

居今穷其因果，虽欲不归功于青年德意志之运动，青年文艺家、理想家之鼓吹，殆不可得。以视吾之文坛，堕落于男女兽欲之鬼窟，而罔克自拔，柔靡艳丽，驱青年于妇人醇酒之中者，盖有人禽之殊、天渊之别矣。记者不敏，未擅海聂诸子之文才，窃慕青年德意志之运动，海内青年，其有闻风兴起者乎？甚愿执鞭以从之矣。

吾尝论之，欧战既起，德意志、勃牙利亦以崭新之民族爆发于烽火之中。环顾兹世，新民族遂无复存。故今后之问题，非新民族崛起之问题，乃旧民族复活之问题也。而是等旧民族之复活，非其民族中老辈之责任，乃其民族中青年之责任也。土尔其以老大帝国与吾并称，而其冥顽无伦之亚布他尔哈米德朝，颠覆于一夜之顷者，则青年土尔其党愤起之功也。印度民族久已僵死，而其民间革命之烽烟，直弥漫于喜玛拉雅山之巅者，则印度青年革命家努力之效也。吾国最近革命运动，亦能举清朝三百年来之历史而推翻之。袁氏逆命，谋危共和，未逾数月，义师勃兴，南天震动，而一世之奸雄，竟为护国义军穷迫以死。今虽不敢遽断改革之业为告厥成功，而青春中华之创造，实已肇基于此。其胚种所由发，亦罔不在吾断头流血之青年也。长驱迈往之青年乎，其各百尺竿头，更进一步，取由来之历史，一举而摧焚之，取从前之文明，一举而沦葬之。变弱者之伦理为强者之人生，变庸人之哲学为天才之宗教，变"人"之文明为"我"之文明，变"求"之幸福为"取"之幸福。觅新国家，拓新世界，于欧洲战血余腥、炮焰灰烬之中，而以破坏与创造、征服与奋斗为青年专擅之场，厚青年之修养，畅青年之精神，壮青年之意志，砺青年之气节，鼓舞青春中华之运动，培植青春中华之根基，吾乃高撞自由之钟，以助其进行之勇气。中华其睡狮乎？闻之当勃然兴！中华其病象乎？闻之当霍然起！盖青年者，国家之魂；《晨钟》者，青年之友。青年当努力为国家自重，《晨钟》当努力为青年自勉，而各以青春中华之创造为唯一之使命。此则《晨钟》出世之始，所当昭告于吾同胞之前者矣。

附言：

篇中所称老辈云者，非由年龄而言，乃由精神而言；非由个人而言，乃由社会而言。有老人而青年者，有青年而老人者。老当益壮者，固在吾人敬服之列；少年颓丧者，乃在吾人诟病之伦矣。

青 春

春日载阳，东风解冻，远从瀛岛，返顾祖邦，肃杀郁塞之象，一变而为清和明媚之象矣；冰雪沍寒之天，一幻而为百卉昭苏之天矣。每更节序，辄动怀思，人事万端，哪堪回首？或则幽闺善怨，或则骚客工愁。当兹春雨梨花，重门深掩，诗人憔悴，独倚栏杆之际，登楼四瞩，则见千条垂柳，未半才黄，十里铺青，遥看有色。彼幽闲贞静之青春，携来无限之希望、无限之兴趣，飘然贡其柔丽之姿于吾前途辽远之青年之前，而默许以独享之权利。嗟吾青年可爱之学子乎！彼美之青春，念子之任重而道远也，子之内美而修能也，怜子之劳，爱子之才也，故而经年一度，展其怡和之颜，饯子于长征迈往之途，冀有以慰子之心也。纵子为尽瘁于子之高尚之理想，圣神之使命，远大之事业，艰巨之责任，而夙兴夜寐，不遑启处，亦当于千忙万迫之中，偷隙一盼，霁颜相向，领彼恋子之殷情，赠子之韶华，俾以青年纯洁之躬，饫尝青春之甘美，浃浴青春之恩泽，永续青春之生涯。致我为青春之我，我之家庭为青春之家庭，我之国家为青春之国家，我之民族为青春之民族。斯青春之我，乃不枉于遥遥百千万劫中，为此一大因缘，与此多情多爱之青春，相邂逅于无尽青春中之一部分空间与时间也。

块然一躯，渺乎微矣。于此广大悠久之宇宙，殆犹沧海之一粟耳。其得永享青春之幸福与否，当问宇宙自然之青春是否为无尽。如其有尽，纵有彭、聃之寿，甚且与宇宙齐，亦奚能许我以常享之福？如其无尽，吾人奋其悲壮之精神，以与无尽之宇宙竞进，又何不能之有？而宇宙之果否为无尽，当问宇宙之有无初终。宇宙果有初乎？曰：初乎无也。果有终乎？曰：终乎无也。初乎无者，等于无初；终乎无者，等于无终。无初无终，是于空间为无限，于时间为无极。质言之，无而已矣，此绝对之说也。若由相对观之，则宇宙为有进化者。既有进化，必有退化。于是差别之万象万殊生焉。惟其为万象万殊，故于全体为个体，于全生为一生。个体之积，如何其广大，而终于有限。一生之命，如何其悠久，而终于有涯。于是有生即有死，有盛即有衰，有阴即有阳，有否即有泰，有剥即有复，有屈即有信，有消即有长，有盈即有虚，有吉即有凶，有祸即有福，有青春即有白首，有健壮即有颓老，质言之有而已矣。庄周有云："朝菌不知晦朔，蟪蛄不知春秋。"

又云："小知不如大知，小年不如大年。"夫晦朔与春秋而果为有耶？何以菌蛄以外之有生，几经晦朔几历春秋者皆知之，而菌蛄独不知也？其果为无耶？又何以菌蛄虽不知，而菌蛄以外之有生，几经晦朔几历春秋者，皆知之也？是有无之说，亦至无定矣。以吾人之知，小于宇宙自然之知，其年小于宇宙自然之年，而欲断空间时间不能超越之宇宙为有为无，是亦朝菌之晦朔，蟪蛄之春秋耳！秘观宇宙有二相焉。由佛理言之，平等与差别也，空与色也。由哲理言之，绝对与相对也。由数理言之，有与无也。由《易》理言之，周与易也。周易非以昭代立名，宋儒罗泌尝论之于《路史》，而金氏圣叹序《离骚经》，释之尤近精微，谓"周其体也，易其用也。约法而论，周以常住为义，易以变易为义。双约人法，则周乃圣人之能事，易乃大千之变易。大千本无一有，更立不定，日新、日日新、又日新之谓也。圣人独能以忧患之心周之，尘尘刹刹，无不普遍，又复尘尘周于刹刹，刹刹周于尘尘，然后世界自见其易，圣人时得其常，故云周易"。仲尼曰："自其异者视之，肝胆楚越也；自其同者视之，万物皆一也。"此同异之辨也。东坡曰："自其变者而观之，则天地曾不能以一瞬；自其不变者而观之，造物与吾皆无尽藏也。"此变不变之殊也。其变者青春之进程，其不变者无尽之青春也。其异者青春之进程，其同者无尽之青春也。其易者青春之进程，其周者无尽之青春也。其有者青春之进程，其无者无尽之青春也。其相对者青春之进程，其绝对者无尽之青春也。其色者差别者青春之进程，其空者平等者无尽之青春也。推而言之，乃至生死、盛衰、阴阳、否泰、剥复、屈信、消长、盈虚、吉凶、祸福、青春白首、健壮颓老之轮回反复，连续流转，无非青春之进程。而此无初无终、无限无极、无方无体之机轴，亦即无尽之青春也。青年锐进之子，尘尘刹刹，立于旋转簸扬循环无端之大洪流中，宜有江流不转之精神，屹然独立之气魄，冲荡其潮流，抵拒其势力，以其不变应其变，以其同操其异，以其周执其易，以其无持其有，以其绝对统其相对，以其空驭其色，以其平等律其差别，故能以宇宙之生涯为自我之生涯，以宇宙之青春为自我之青春。宇宙无尽，即青春无尽，即自我无尽。此之精神，即生死肉骨、回天再造之精神也。此之气魄，即慷慨悲壮、拔山盖世之气魄也。惟真知爱青春者，乃能识宇宙有无尽之青春。惟真能识宇宙有无尽之青春者，乃能具此种精神与气魄。惟真有此种精神与气魄者，乃能永享宇宙无尽之青春。

一成一毁者，天之道也。一阴一阳者，易之道也。唐生维廉与铁特二家，遽研物理，知天地必有终极，盖天之行也以其动，其动也以不均，犹水之有高下而后流也。今太阳本热常耗，以彗星来往度之递差，知地外有最轻之冈气，为能阻物，既能阻物，斯能耗热耗力。故大宇积热力，每散趋均平，及其均平，天地乃毁。天地且有时而毁，况其间所包蕴之万物乎？漫云天地，究何所指，殊嫌茫漠，征实言之，有若地球。地球之有生命，已为地质学家所明证，惟今日之地球，为儿童地球乎？青年地球乎？丁壮地球乎？抑白首地球乎？此实未答之问也。苟犹在儿童或青年之期，前途自足乐观，游优乐土，来日方长，人生趣味益以浓厚，神志益以飞舞；即在丁壮之年，亦属元神盛涌、血气畅发之期，奋志前行，亦当勿懈；独至地球之寿，已臻白发之颓龄，则栖息其上之吾人，夜夜仰见死气沉沉之月球，徒借曜灵之末光，以示伤心之颜色于人寰，若以警告地球之终有死期也者，言念及此，能勿怅然？虽然，地球即成白首，吾人尚在青春，以吾人之青春，柔化地球之白首，虽老犹未老也。是则地球一日存在，即吾人之青春一日存在；吾人之青春一日存在，即地球之青春一日存在。吾人有现在一刹那之地球，即有现在一刹那之青春，即当尽现在一刹那对于地球之责任。虽明知未来一刹那之地球必毁，当知未来一刹那之青春不毁，未来一刹那之地球，虽非现在一刹那之地球，而未来一刹那之青春，犹是现在一刹那之青春。未来一刹那之我，仍有对于未来一刹那之地球之责任。庸得以虞地球形体之幻灭，而猥为沮丧哉！

复次，生于地球上之人类，其犹在青春乎，抑已臻白首乎？将来衰亡之顷，究与地球同时自然死灭乎，抑因地球温度激变，突与动植物共死灭乎？其或先兹事变，如个人若民族之死灭乎？斯亦难决之题也。生物学者之言曰：人类之生活，反乎自然之生活也。自妇人畏葸，抱子而奔，始学立行，胸部暴露，必须被物以求遮卫，而人类遂有衣裳；又以播迁转徙，所携食物，易于腐败，而人类遂有火食。有衣裳而人类失其毛发矣，有火食而人类失其胃肠矣。其趋文明也日进，其背自然也日遒，浸假有舟车电汽，而人类丧其手足矣。有望远镜、德律风等，而人类丧其耳目矣。他如有书报传译之速，文明利器之普，而人类亡其脑力。有机关枪四十二珊之炮，而人类弱其战能。有分工合作之都市生活、歌舞楼台之繁华景象，而人类增其新病。凡此种种，人类所以日向灭种之途者，若决江河，奔流莫遏，长此不已，劫焉可逃？此辈学者所由大声疾呼，布兹骇世听闻之噩耗，而冀以谋挽救之方也。宗教信士则从而反之，谓宇宙一切皆为神造，维护之任神自当之，吾人智能薄弱，惟托庇于神而能免于罪恶灾厄也。如生物家言，是为蔑夷神之功德，影响所及，将驱人类入于悲观之途，圣智且尚无灵，人工又胡能阀？惟有瞑心自放，居于下流，荒亡日久，将为人心世道之忧矣。末俗浇漓，未始非为此说者阶之厉也。吾人宜坚信上帝有全知全能，虔心奉祷，罪患如山，亦能免矣。由前之说，固易流于悲观，而其足以警觉世人，俾知谋矫正背乎自然之生活，此其所长也。由后之说，虽足以坚人信仰之力，俾其灵魂得优游于永生之天国，而其过崇神力，轻蔑本能，并以讳蔽科学之实际，乃其所短也。吾人于此，宜如宗教信士之信仰上帝者信人类有无尽之青春，更宜悚然于生物学者之旨，以深自警惕，力图于背逆自然生活之中，而能依人为之工夫，致其背逆自然之生活，无异于顺适自然之生活。斯则人类之寿，虽在耄耋之年，而吾人苟奋自我之欲能，又何不可返于无尽青春之域，而奏起死回生之功也？

人类之成一民族一国家者，亦各有其生命焉。有青春之民族，斯有白首之民族，有青春之国家，斯有白首之国家。吾之民族若国家，果为青春之民族、青春之国家欤，抑为白首之民族、白首之国家欤？苟已成白首之民族、白首之国家焉，吾辈青年之谋所以致之回春为之再造者，又应以何等信力与愿力从事，而克以著效？此则系乎青年之自觉何如耳！异族之觇吾国者，辄曰：支那者老大之邦也。支那之民族，濒灭之民族也。支那之国家，待亡之国家也。洪荒而后，民族若国家之递兴递亡者，踔然其不可纪矣。粤稽西史，罗马、巴比伦之盛时，丰功伟烈，彪著寰宇，曾几何时，一代声华，都成尘土矣。只今屈指，欧土名邦，若意大利，若法兰西，若西班牙，若葡萄牙，若和兰，若比利时，若丹马，若瑞典，若那威，乃至若英吉利，罔不有积尘之历史，以重累其国家若民族之生命。回溯往祀，是等国族，固皆尝有其青春之期，以其畅盛之生命，展其特殊之天才。而今已矣，声华渐落，躯壳空存，纷纷者皆成文明史上之过客矣。其校新者，惟德意志与勃牙利，此次战血洪涛中，又为其生命力之所注，勃然暴发，以挥展其天才矣。由历史考之，新兴之国族与陈腐之国族遇，陈腐者必败；朝气横溢之生命力与死灰沉滞之生命力遇，死灰沉滞者必败；青春之国民与白首之国民遇，白首者必败，此殆天演公例，莫或能逃者也。

　　支那（中国——编者注）自黄帝以降，赫赫然树独立之帜于亚东大陆者，四千八百余年于兹矣。历世久远，纵观横览，罕有其伦。稽其民族青春之期，远在有周之世，典章文物，灿然大备，过此以往，渐向衰歇之运，然犹浸衰浸微，扬其余辉，以至于今日者，得不谓为其民族之光欤？夫人寿之永，不过百年，民族之命，垂五千载，斯亦寿之至也。印度为生释迦而兴，故自释迦生而印度死；犹太为生耶稣而立，故自耶稣生而犹太亡；支那为生孔子而建，故自孔子生而支那衰，陵夷至于今日，残骸枯骨，满目黮然，民族之精英，澌灭尽矣，而欲不亡，庸可得乎？吾青年之骤闻斯言者，未有不变色裂眦，怒其侮我之甚也。虽然，勿怒也。吾之国族，已阅长久之历史，而此长久之历史，积尘重压，以桎梏其生命而臻于衰敝者，又宁容讳？然而吾族青年所当信誓旦旦，以昭示于世者，不在龈龈辩证白首中国之不死，乃在汲汲孕育青春中国之再生。吾族今后之能否立足于世界，不在白首中国之苟延残喘，而在青春中国之投胎复活。盖尝闻之，生命者，死与再生之连续也。今后人类之问题，民族之问题，非苟生残存之问题，乃复活更生、回春再造之问题也。与吾并称为老大帝国之土耳其，则青年之政治运动，屡试不一试焉。巴尔干诸邦，则各谋离土自立，而为民族之运动，兵连祸结，干戈频兴，卒以酿今兹世界之大变焉。遥望喜马拉雅山之巅，恍见印度革命之烽烟一缕，引而弥长，是亦欲回其民族之青春也。吾华自辛亥首义，癸丑之役继之，喘息未安，风尘澒洞，又复倾动九服，是亦欲再造其神州也。而在是等国族，凡以冲决历史之桎梏，涤荡历史之积秽，新造民族之生命，挽回民族之青春者，固莫不惟其青年是望矣。建国伊始，肇锡嘉名，实维中华。中华之义，果何居乎？中者，宅中位正之谓也。吾辈青年之大任，不仅以于空间能致中华为天下之中而遂足，并当于时间而谛时中之旨也。旷观世界之历史，古往今来，变迁何极！吾人当于今岁之青春，画为中点，中以前之历史，不过如进化论仅于考究太阳、地球、动植各物乃至人类之如何发生、如何进化者，以纪人类民族国家之如何发生、如何进化也。中以后之历史，则以是为古代史之职，而别以纪人类民族国家之更生回春为其中心之的也。中以前之历史，封闭之历史，焚毁之历史，葬诸坟墓之历史也。中以后之历史，洁白之历史，新装之历史，待施绚绘之历史也。中以前之历史，白首之历史，陈死人之历史也。中以后之历史，青春之历史，活青年之历史也。青年乎！其以中立不倚之精神，肩兹砥柱中流之责任，即由今年今春之今日今刹那为时中之起点，取世界一切白首之历史，一火而摧焚之，而专以发挥青春中华之中，缀其一生之美于中以后历史之首页，为其职志，而勿逡巡不前。华者，文明开敷之谓也，华与实相为轮回，即开敷与废落相为嬗代。白首中华者，青春中华本以胚孕之实也。青春中华者，白首中华托以再生之华也。白首中华者，渐即废落之中华也。青春中华者，方复开敷之中华也。有渐即废落之中华，所以有方复开敷之中华。有前之废落以供今之开敷，斯有后之开敷以续今之废落。即废落，即开敷，即开敷，即废落，终竟如是废落，终竟如是开敷。宇宙有无尽之青春，斯宇宙有不落之华,而栽之、培之、灌之、溉之、赏玩之、享爱之者,舍青春中华之青年,更谁与归矣?青年乎,勿徒发愿,愿春常在华常好也,愿华常得青春,青春常在于华也。宜有即华不得青春,青春不在于华,亦必奋其回春再造之努力,使废落者复为开敷,开敷者终不废落,使华不能不得青春,青春不能不在于华之决心也。抑吾闻之化学家焉,土质虽腴,肥料虽多,耕种数载,地力必耗,砂土硬化,无能免也,将欲柔融之,俾再反于丰穰,惟有一种草木为能致之,为其能由空中吸收窒素肥料,注入土中而沃润之也。神州赤县,古称天府,胡以至今徒有万木秋声、萧萧落叶之悲,昔时繁华之盛,荒凉废落至于此极也!毋亦无此种草木为之文柔和润之耳。青年之于社会,殆犹此种草木之于田亩也。从此广植根蒂,深固不可复拔,不数年间,将见青春中华之参天翁郁,错节盘根,树于世界,而神州之域,还其丰穰,复其膏腴矣。则谓此菁菁茁茁之青年,即此方复开敷之青春中华可也。

顾人之生也,苟不能窥见宇宙有无尽之青春,则自呱呱堕地,迄于老死,觉其间之春光,迅于电波石火,不可淹留,浮生若梦,直菌鹤马蜩之过乎前耳。是以川上尼父,有逝者如斯之嗟;湘水灵均,兴春秋代序之感。其他风骚雅士,或秉烛夜游,勤事劳人,或重惜分寸。而一代帝王,一时豪富,当其垂暮之年,绝诀之际,贪恋幸福,不忍离舍,每为咨嗟太息,尽其权力黄金之用,无能永一瞬之天年,而重留遗憾于长生之无术焉。秦政并吞八荒,统制四海,固一世之雄也,晚年畏死，遍遣羽客，搜觅神仙，求不老之药，卒未能获，一旦魂断，宫车晚出。汉武穷兵，蛮荒慑伏，汉代之英主也，暮年永叹，空有"欢乐极矣哀情多，少壮几时兮老奈何"之慨。最近美国富豪某，以毕生之奋斗，博得＄式之王冠，衰病相催，濒于老死，则抚枕而叹曰："苟能延一月之命，报以千万金弗惜也。"然是又安可得哉？夫人之生也有限，其欲也无穷，以无穷之欲，逐有限之生，坐令似水年华滔滔东去，红颜难再，白发空悲，其殆人之无奈天何者软！涉念及此，灰肠断气，厌世之思，油然而生。贤者仁智俱穷，不肖者流连忘返，而人生之蕲向荒矣，是又岂青年之所宜出哉？人生兹世，更无一刹那不在青春，为其居无尽青春之一部，为无尽青春之过程也。顾青年之人，或不得常享青春之乐者，以其有黄金权力一切烦忧苦恼机械生活，为青春之累耳。谚云："百金买骏马，千金买美人，万金买爵禄，何处买青春？"岂惟无处购买，邓氏铜山，郭家金穴，愈有以障翳青春之路俾无由达于其境也。罗马亚布达尔曼帝，位在皇极，富有四海，不可谓不尊矣，临终语其近侍，谓四十年间，真感愉快者，仅有三日。权力之不足福人，以视黄金，又无差等。而以四十年之青春，娱心不过三日，悼心悔憾，宁有穷耶？夫青年安心立命之所，乃在循今日主义以进，以吾人之生，洵如卡莱尔所云，特为时间所执之无限而已。无限现而为我，乃为现在，非为过去与将来也。苟了现在，即了无限矣。昔者圣叹作诗，有"何处谁人玉笛声"之句。释弓年小，窃以玉字为未安，而质之圣叹。圣叹则曰："彼若说：'我所吹本是铁笛，汝何得用作玉笛？'我便云：'我已用作玉笛，汝何得更吹铁笛？'天生我才，岂为汝铁笛作奴儿婢子来耶？"夫铁字与玉字，有何不可通融更易之处。圣叹顾与之争一字之短长而不惮烦者，亦欲与之争我之现在耳。诗人拜轮，放浪不羁，时人诋之，谓于来世必当酷受地狱之苦。拜轮答曰："基督教徒自苦于现世，而欲祈福于来世。非基督教徒，则于现世旷逸自遣，来世之苦，非所辞也。"二者相较，但有先后之别，安有分量之差？拜轮此言，固甚矫激，且寓讽刺之旨。以余观之，现世有现世之乐，来世有来世之乐。现世有现世之青春，来世有来世之青春。为贪来世之乐与青春，而迟吾现世之乐与青春，固所不许；而为贪现世之乐与青春，遽弃吾来世之乐与青春，亦所弗应也。人生求乐，何所不可，亦何必妄分先后，区异今来也？耶曼孙曰："尔若爱千古，当利用现在。昨日不能呼还，明日尚未确实。尔能确有把握者，惟有今日。今日之一日，适当明晨之二日。"斯言足发吾人之深省矣。盖现在者吾人青春中之青春也。青春作伴以还于大漠之乡，无如而不自得，更何烦忧之有焉？烦忧既解，恐怖奚为？耶比古达士曰："贫不足恐，流窜不足恐，囹圄不足恐，最可恐者，恐怖其物也。"美之政雄罗斯福氏，解政之后，游猎荒山，奋其铁腕，以与虎豹熊罴相搏战。一日猎白熊，险遭吞噬，自传其事，谓为不以恐怖误其稍纵即逝之机之效，始获免焉。于以知恐怖为物，决不能拯人于危。苟其明日将有大祸临于吾躬，无论如何恐怖，明日之祸万不能因是而减其毫末。而今日之我，则因是而大损其气力，俾不足以御明日之祸而与之抗也。艰虞万难之境，横于吾前，吾惟有我、有我之现在而足恃。堂堂七尺之躯，徘徊回顾，前不见古人，后不见来者，惟有昂头阔步，独往独来，何待他人之援手，始以遂其生者？更胡为乎"念天地之悠悠，独怆然而涕下"哉？惟足为累于我之现在及现在之我者，机械生活之重荷，与过去历史之积尘，殆有同一之力焉。今人之赴利禄之途也，如蚁之就膻，蛾之投火，究其所企，克致志得意满之果，而营营扰扰已逾半生，以孑然之身，强负黄金与权势之重荷以趋，几何不为所重压而僵毙耶？盖其优于权富即其短于青春者也。《耶经》有云："富人之欲入天国，犹之骆驼欲潜身于针孔。"此以喻重荷之与青春不并存也。总之，青年之自觉，一在冲决过去历史之网罗，破坏陈腐学说之囹圄，勿令僵尸枯骨，束缚现在活泼泼地之我，进而纵现在青春之我，扑杀过去青春之我，促今日青春之我，禅让明日青春之我。一在脱绝浮世虚伪之机械生活，以特立独行之我，立于行健不息之大机轴。袒裼裸裎，去来无挂，全其优美高尚之天，不仅以今日青春之我，追杀今日白首之我，并宜以今日青春之我，豫杀来日白首之我，此固人生唯一之蘄向，青年唯一之责任也矣。拉凯尔曰："长葆青春，为人生无上之幸福，尔欲享兹幸福，当死于少年之中。"吾愿吾亲爱之青年，生于青春死于青春，生于少年死于少年也。德国史家孟孙氏，评骘锡札曰："彼由青春之杯，饮人生之水，并泡沫而干之。"吾愿吾亲爱之青年，擎此夜光之杯，举人生之醍醐浆液，一饮而干也。人能如是，方为不役于物，物莫之伤。大浸稽天而不溺，大旱金石流土山焦而不熱，是其尘垢秕糠，将犹陶铸尧、舜。自我之青春，何能以外界之变动而改易，历史上残骸枯骨之灰，又何能塞蔽青年之聪明也哉？市南宜僚见鲁侯，鲁侯有忧色，市南子乃示以去累除忧之道，有曰："吾愿君去国捐俗，与道相辅而行。"君曰："彼其道远而险，又有江山，我无舟车，奈何？"市南子曰："君无形倨，无留居，以为舟车。"君曰："彼其道幽远而无人，吾谁与为邻？吾无粮，我无食，安得而至焉？"市南子曰："少君之费，寡君之欲，虽无粮而乃足，君其涉于江而浮于海，望之而不见其崖，愈往而不知其所穷，送君者将自崖而反，君自此远矣。"此其谓道，殆即达于青春之大道。青年循蹈乎此，本其理性，加以努力，进前而勿顾后，背黑暗而向光明，为世界进文明，为人类造幸福，以青春之我，创建青春之家庭，青春之国家，青春之民族，青春之人类，青春之地球，青春之宇宙，资以乐其无涯之生。乘风破浪，迢迢乎远矣，复何无计留春、望尘莫及之忧哉？吾文至此，已嫌冗赘，请诵漆园之语，以终斯篇。

青年与老人（节录）

现代之文明，协力之文明也。贵族与平民协力，资本家
与工人协力，地主与佃户协力，老人与青年亦不可不协力。
现代之社会，调和之社会也。贵族与平民调和，资本家与工
人调和，地主与佃户调和，老人与青年亦不可不调和。惟其
协力与调和，而后文明之进步，社会之幸福，乃有可图。

青年贵能自立，尤贵能与老人协力；老人贵能自强，尤
贵能与青年调和。盖社会之优美境地，必由青春与白发二种
之质色性能缀配匀称，始能显著而呈鲜明壮丽之观；否则零
落消沉，无复生气矣。故青年与老人之于社会，均为其构成
之要素，缺一不可，而二者之间，尤宜竭尽其所长，相为助援，
以助进社会之美利，文明之发展……

吾尝论之，群演之道，乃在一方固其秩序，一方促其进步。
无秩序则进步难期，无进步则秩序莫保。阐论斯旨最精者莫

如弥尔，其言曰："凡于政治或社会之所企，无独关于秩序者，亦无独关于进步者，欲兴其一二者当必共起也。……进步之所需，与秩序之所需，其质相同，惟用于进步者视用于秩序者为量较多耳。安巩之所需，与进步之所需，其质亦无异，惟用于安巩者视用于进步者为量较少耳。安巩也，秩序也，进步也，盖同质而异量者也。……一群之中，老人与青年之调和，有其自然之域界。老人以名望地位之既获，举动每小心翼翼，敬慎将事；青年以欲获此名望与地位，则易涉于过激。政府有司调和于老人青年之间，苟得其宜，不妄以人为之力于天然适当之调和有所损益，则缓激适中，刚柔得体，政治上调和之志的达矣。"（本书收录略此处作者引出处注——编者注）古里天森氏论世界观与政治的确信，谓皆基于二种之执性，即急进与保守是也。亦曰："有一义焉当牢记于心者，即此基于执性之二种世界观，不可相竞以图征服或灭尽其他。盖二者均属必要，同为永存，其竞立对抗乃为并驾齐驱以保世界之进步也。"（本书收录略此处作者引出处注——编者注）准二子之言，益知世界之进化，全为二种观念与确信所驱驰以行，正如车之有两轮，鸟之有双翼，二者缺一，进步必以废止。此等观念，判于人之性质者，即进步与保守；判于人之年龄者，即青年与老人而已矣。

轻蔑老人为蛮僿社会之恶风。中央亚非利加之土人，将与他部落战争时，必先食其亲。盖恐战争一经开始，老人易为敌所捕虏，或遭虐遇，甚至虐杀；故为老人者，宁以为己子所食为福，而为之子者，亦以食其亲为孝，诚奇闻也。……蛮人社会上之地位由腕力之强弱而分优劣，文明人社会上之地位，则由知力之深浅而判崇卑。未开时代之老人，以于腕力为弱者，故遭虐待；开明时代之老人，以于知力为优者（西谚有云：白发即知识之意），故蒙敬礼。今日之社会，实厚与老人以与青年竞争之机会。此老人所当益自奋勉，以报答社会之恩宠者也。一由于老人之自强，体力益以健康，知力益以丰富也。老人之体力，虽视青年为衰，而依其不断之修养，亦可减其程度，而其知识与经验，乃足以其长于青年者补其体力之所短，故其为用于社会，亦殊无劣于青年。吾闻欧美老人之活动于社会者，为数之众，使人惊叹不置。今日之老人，实能多助社会文明之进步，此社会所当设立种种制度，以酬慰老人对于社会之勋劳者也。盖夫宇宙之间，森罗万象，莫不有其存在之意义，苟存在于兹世，即有应尽之职分，可为之事业。西谚有云："不劳者无食。"（Man that does not work shall not eat）老人岂得以老人之故，而有坐食之权利耶？吾爱二十四岁为英国内阁总理之比特，吾尤爱以八十四龄之老躯为爱尔兰问题奋战之格兰士顿；吾敬以二十六岁之青年驱百万雄师越亚尔白士天险征服义大利之拿破仑，吾尤敬以八十二岁之老翁驰驱于铁血光中卒以委骨伏尸于战场之罗巴慈。

吾国现代之老人，以其于青年时代既无相当之修养，一臻耄耋之年，辄皆呻吟展转于病榻之间，投足举手尚待青年之扶持，其知力之固陋，亦几不识今日之世界为汉唐何代。青年而欲与之协力，与之调和，殊为至难。吾人惟有怜之、惜之，以奉养之，此外无所希望于彼等。吾惟盼吾新中国之新青年速起而耸起双肩，负此再造国家民族之责任，即由青年以迄耄老，一息尚存，勿怠其努力，勿荒其修养，期于青年时代为一好青年，即老人时代为一好老人，勿令后之青年怜惜今之青年，亦如今之青年怜惜今之老人也。

都会少年与新春旅行

少年为人生之最好时光，新春为一年之绝好季节。故少年当与新春为良友，饱尝其甘美，饫饮其温和。而新春实为少年黄金难买之至宝，宜惜分惜寸以爱怜之，不可轻轻泛泛听其虚掷以去。盖新春者，少年之灵魂；少年者，新春之化身也。

都会为罪恶之渊薮，少年为光明之泉源。故少年而居都会，易生厌倦之思。都会而有少年，易播罪恶之习。当兹春光妩媚，飘然展其新绿之姿，托于自然万象以显著其容态，都会少年，正宜拨其积日累月所生厌倦之郁感、罪恶之习染，而自暴其活泼锐新之性灵，坦然以与自然之美相接近、相神交，藉慰长年困乏的、沉滞的、抑郁的、局促的生活之苦。

都会少年而欲事此者，则新春旅行尚矣。夫旅行之事，最有裨益，最有趣味。自近世交通机关之发达，物质文明之积重，都会生活之困惫，人事职业之繁杂，日增其度，而旅行之必要与利益亦与之俱加。为其足以舒劳人精神上之疲乏也，助学子知识上之实验也，亲接自然灵淑之气象也，湛深人类爱美之感情也。彼欧美少年之旅行，足迹所至，动辄遍于寰球。日本少年，亦常相结队漫游于吾国。是欧美之少年以世界为其室家也，日本之少年以东亚为其室家也，独吾国之少年，尚复醉梦沉沉，以室家为世界，甚且并室家堂奥中陈列之物犹不知其颜色形态，以与欧美、日本之少年相比较，其精神上、知识上之贫苦为如何者？矧当桃李争妍、风月宜人之际，以活泼之少年不思冒跋涉之劳，以探自然之美，致使名山草木、绿野烟云，徒令无知之鸟兽享其美丽幽清之趣，岂不大可惜哉？

就北京附近而寻足供旅行之名所，若西山，途程最近。次若津浦路线之济南，就近可登泰山。京张路线之居庸关，京奉路线之山海关，中途可登碣石山（即昌黎山）、莲峰山（即北戴河），皆为铁路经行之地，路程不过一二日即可抵达。就中以昌黎县之碣石山，余知之最稔，其中胜境颇多，登五峰绝顶，茫茫渤海，一览无既。逢春则梨杏桃李之华，灿烂满山；入秋则果实累累，香馥扑鼻；余如松风泉石，皆足涤人尘襟。距京约以一日乘汽车可达昌黎，山在城北八里许。余频年浪迹都会，每岁归里，辄过昌黎，入山一憩，久涸于机械诈伪之人世中，骤与此不知不识纯洁优静之草木泉石为邻为友，其快愉清醒正如乍释重荷，刚出泥途，有非居都会者所能梦见者矣！

连日出步街衢，浊尘腾飞之中，顿见点点新绿，绚缀枯寂若死之北京，因忆碣石山中，梨花春雨，正好结少年伴侣，披蓁攀石，拨雾荡云，以舒积郁，以涤俗烦，以接自然，以领美趣。惜以人事草草，身羁京华，如斯美景竟不可即，徒叹无福，为之奈何？然而山川名物，宁独碣石？燕市少年，正逢春假，自然之美，我虽不能即，而甚愿人能即之。泉林之春，我虽不能亲，而甚乐人能亲之。故特作斯篇，以引起都会少年新春旅行之兴趣，而为少年与新春之介绍，并为少年与自然之介绍。我爱少年，我爱新春，我爱自然，我尤爱我少年以新春旅行记，为少年与新春与自然缔结神交之盟书。行矣，都会少年！行矣，新春旅行之少年！

蒋先云

先烈简介：

　　蒋先云（1902~1927），湖南新田人。1917 年，考入衡阳湖南省立第三师范学校。1921 年，加入中国共产党。1922 年，赴江西安源开展工人运动。1924 年，考入黄埔军校第一期学习，后发起成立中国青年军人联合会，曾参加东征和平定滇桂军阀的叛乱。北伐战争开始后，任北伐军总部秘书兼补充团第 5 团团长，参加了攻打九江、南昌等战役。1927 年 5 月，被任命为国民革命军第 11 军 26 师 77 团团长兼党代表，率部北上河南，28 日在攻克临颍城的战斗中英勇牺牲。

敬告本团官佐

亲爱的革命的官长同志们：

相处将及一月了，在这短时期中，虽然没有经过十分严重的枪林弹雨的战况，而餐风宿露的辛苦，总算是尝试过了。我很能从你们的辛苦中深认和钦佩你们的精神，然我对于革命同志的素习，是历来不愿意互相标榜我们的强处，只是严格地批评其弱点。因为革命者只有自己从精神上去表示努力，从工作成绩上去自慰，用不着空受他人无谓的嘉奖。只有严格的批评，方可弥补自己的弱点，训练和增进我们实际做事的能力。因此我对于本团亲爱而革命的同志，只能沿其旧习，不客气地要求及评责。我相信本团官长同志最少也能知道我是革命的，我希望进一步认识我的革命性，尤希望各同志时时接受我立在革命观点上的评责。

尽管自称革命是不够的。革命者是必要从工作上去表示他的努力，尤其是困苦艰难之中，枪林弹雨之下，更要能表示他能坚忍、能牺牲的精神，否则决不是一个真实的革命者。本团是脱胎于旧军队，我未始不知道诸同志的困苦艰难，可是我同时相信诸同志是忠勇于革命的青年，青年的革命者，只可缺少做事的经验，绝不应当缺少做事的精神。我们要以勇敢的、坚忍的、能牺牲的精神，去训练我们做事的能力，增进我们做事的经验。人们不是生来即是能做事的、生来即不怕死的。任他什么事体，最初避免不了许多的困难，令人难干，令人胆怯，但是有了大无畏的精神，决没有打不破的困难和艰险。做事是学会的，孩子是吓大的。诸同志在最近的工作中，是不是有了这个感觉？

自信是勇敢的、最能牺牲的还不够，必要具有临事不惧而沉着的修养。天下没有大不了的事，经过多了自可习以为常。遇事先要沉着，能沉着才能确实去观察，观察确实才能有正确的判断，判断正确才能有坚决的决心，决心坚决则胆自壮、气自豪，什么也不怕。要知道部属是以上官为依靠的。上官心怯，部属则不战心寒。治军首重胆大心细，但必先胆大，而后能心细；胆怯没有不心慌的，心慌则什么也谈不上。只忙于生命一件，这才真所谓天下无事，庸人自扰。

亲爱的革命的官长同志们！我们是知道革命理论的，我们是受过革命的训练的，我们不努力，不奋斗，不牺牲，不沉着，部下没有训练的士兵，又将怎样？善于带兵，决不专靠军纪来管束士兵，决不专靠几元饷洋来縻系士兵，更不能专以空头话来鼓舞士兵，必要以革命的精神去影响士兵。平时官长能努力，士兵没有不服从的；战时官长能身先士卒，士兵决没有怕死的。我前已说过，只要"舍得干"，天下没有干不了的事！

革命者必先能顾虑党国的前途，而后及于自己。我们要自信为革命者，能容得我们怕困苦、怕危险吗？本团第十连连长董振南、参谋邓敦厚（前第四连连长）畏死潜逃，此类假革命者，当不足言党国，然其于自身前途何？他们即幸而有命，还能再作人吗？虽生犹死，何以生为！

亲爱的革命的官长同志们！"岁寒，然后知松柏之后凋也。"天下无难事，只要舍得干，望诸同志振作起来，共相奋勉！

团长 蒋先云

五月七日

田波扬

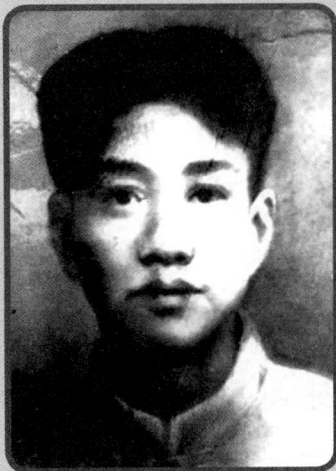

先烈简介：

　　田波扬（1904~1927），湖南浏阳人。1922年，加入中国社会主义青年团，同年秋，转到兑泽中学学习。1923年5月，加入中国共产党。1925年2月，任湘南共青团委学生运动委员会总务委员。后曾任中国共产主义青年团湖南区执行委员会书记。1927年4月，出席中国共产党第五次全国代表大会，接着参加共青团第四次全国代表大会，被选为大会主席团成员，并被选为团中央委员。之后任共青团湖南省委书记。1927年5月底，在长沙被反动军阀逮捕。6月6日与妻子陈昌甫被杀害于长沙。

我　要

我要放出更强烈的火光，

照破人世间的虚伪和欺诈。

我要锻炼成尖锐的小刀，

刺破人与人之间的隔膜。

注：1922年秋，田波扬转学到兑泽中学学习，这篇诗作作于这一
时期。

赵世炎

先烈简介：

　　赵世炎（1901~1927），四川酉阳（今属重庆）人，中国共产党早期杰出的革命活动家。1919 年，经李大钊介绍加入少年中国学会。1920 年 5 月，赴法国勤工俭学。1921 年春，与周恩来等发起成立旅法中国共产党早期组织，成为中国共产党党员。1923 年，前往莫斯科东方劳动者共产主义大学学习。1927 年 3 月，参与领导上海工人第三次武装起义。1927 年 7 月 2 日，由于叛徒出卖被捕。同年 7 月 19 日，在上海英勇就义。

工读主义与今日之中学毕业生

工与读，两事也；欲得其兼，自不能不半工而半读。然二者一劳一逸，又实绝对相反者也。使工者而能读，人咸谓之好学；今世之工而能读者，间有之矣。古时如挂角担薪之事，史不绝书。惟读而能工，殊不多觏。以此为言，人亦不信。然工者既可读，读者亦何尝不可工；此愚所以调剂并论，而有半工半读之说也。半工半读之说，人习闻之矣；非愚之创论也。特愚为崇拜是说之一人；不自揣量，而又欲履行之，故愿一申其说。且欲以质诸人，天下事不患知之不多，惟患行之不力。愚对此虽确信其有益；而处今之世，如此境地，如此社会，对于此事之实践终不能无疑。愿为说以详究之。

半工半读，人尽能为也，又何必特以今日之中学毕业学生为揭橥。愚标此题，其意有二：其一曰欲此事之实践，当自中学毕业生始；其一曰惟中学毕业后，始有半工半读之能力。兹请逐一陈说之。前者之意，愚以为应由中学毕业生提倡之。以中学毕业生正当少壮之时，对于家庭，既可脱离若干之依赖；又无若何之担负。独立生活，是时为之枢纽。吾国家庭制度，积习相沿。青年毫无独立知识，依赖父兄资给，始可读书。其甚者未成年即已完婚，一家之中，除自身用钱吃饭外，犹以为不足，反多添一人，为家庭增一项出款。此虽由于吾国习惯，以及父母之溺爱或由抱子添孙之希望；然亦吾辈少年不能立志，且无独立能力所致。早婚之弊，至于亡国弱种；吾辈孝父母之道，固不在此。为家庭计，为自身计，都不应出此下策也。是故欲免此弊，须先有自谋生活之志。有此志，便当求所以达之。然亦不得谓因欲自食其力遂不读书，即于社会上谋一职业也。吾辈学业，仍须继续求之。此愚所以言半工半读也。具此能力，惟吾青年中学毕业生一生之枢纽，欲改革吾国家庭制度，欲奋斗于此二十世纪之竞争世界，均不可不注意于此也。

后者之意，全系能力问题。以在中学修业时，尚难有此作工能力。若勉强为之，反于学业有害，毕业后，自持力稍强，自谋亦稍富。学业既经初步，自应从此自择专门学科。于此时便半读半工，即不能完全自食其力，亦可稍借家庭之资助。总之，吾辈能入学读书，便是幸福。人有幸福，岂能泰然处之。若吾辈徒挟父兄之资以入学，实未免太逸。人生幸福不当作如此解也。愚尝持此论，人多非笑。然不以为意。总之，愚深信入学读书，是有幸福，是最快乐，最安逸，绝非苦事。愚所赞成半工半读之说，是为不宜太逸必须劳动之意。劳心劳力，应相间而行。读书是劳心，工作是劳力。至求减轻家庭资助，尚是第二层目的。吾辈每好说"消遣"二字。其甚者，赋博征逐，都以"消遣"二字了之。西哲有言曰，少年之光明字典中，无"失败"二字、"消遣"二字，固不能使字典无之，惟吾辈当切戒，不宜用以作饰词耳。

更有进者，中学毕业后，能力渐增，又每为吾辈之害。盖能力不善用，而多借以庞然自大者是也。吾辈年龄日长，勤于学者亦日增。习于恶者，其恶习又日深。尝见家庭中父兄感子弟之不肖，多慨叹而言曰：此子渐长而行渐变矣。吾辈使父兄有此感想，将何以自安？然青年对社会抵抗之能力本甚弱，环绕此身，皆是危境，欲能不染，惟能破除好逸之思想。不好逸便不思消遣，不思消遣，便能耐苦。吾辈读书，而能耐劳动之事，自可邪念屏除，远于恶俗，始有奋斗之能力。奋斗二字，愚常奉以为人生第一要义。无论何事，皆应奋斗。生今之世，处此万恶社会，不奋斗，何以为人也。

天下事托诸空言，不能见诸事实，是亦病也。愚既言，学者宜半工半读；然以吾国现时社会情状言之，何种劳工，能适于学者钦？效工人入工厂乎？金工乎？木工乎？铸铁造器，编物织布乎？抑为佣人乎？售报乎？为报馆校对员乎？簪笔佣书乎？工之事盖甚广，劳力之途亦甚多，凡此皆吾辈所不能为也，欧西各国则或有之，吾国社会情形如此，即有志为之，势亦不能。然则愚前所言皆空言也，愚亦自知之，惟甚幸其不为空言也。

十年以前，吾国留学美洲者，即有半工半读之事，或为洒扫之役，或为铺户标刷窗壁之事，或入工厂作半日工；以是而成学业归国者，盖尝多有。嗣后因美人排挤，今已不多见此事。回顾国内，数年以来，则惟有留法勤工俭学会之一事。其已举办者，言有留法勤工俭学会，有中法协进会，有华法教有会，进行亦速。天津有孔德中学，保定有育德中学，及初级工艺学校，成都有留法预备学校，都中亦有孔德学校，及高级各级之工业科。各会团体，沪上俱有分部。今岁学生工人团，发自沪上，赴法者已有两起。舆论颂扬，称为美事。（本月十八日京中英文导报载上月底第二批学生工人团自沪上起行之事，题曰——*Second batch of self-supporting student-Labourer proceeding to France*）创办志士，最近复买轮渡海，扩充华法事业于巴黎。有志于此若，是亦良机。似此勤工俭学，躬亲操作，得适用之艺能，为国家实业发达计，为社会工艺兴起计，为个人生活远图计，皆莫善于此。试观今日之负笈言留学者，挟资飘洋，数年归来，所学不获所用，但能求售于社会，不暇计其为何途。事务所迫，不得不令其如此；其甚者入政途，挂党籍，以蠹国殃民者，又不堪道矣。

愚言至此，意未尽而词已芜，是非得失，虽自信而不敢必人信。总之，所言半工半读，是为习劳。至云自食其力，既所难能，亦非半工半读之主旨。惟吾辈力所能至而已。且愚此题，谓今日之中学毕业生，然则将全国之中学生为之乎？是亦迂论矣。惟有志者为之耳。韶华流水，时光易逝，少壮不努力，老大徒伤悲。愚于中学毕业之期方迩，前途茫茫，不知所届。思潮所及，辄慕半工半读之事。因而握管为说欲以质诸先辈，暨同学之前，借以自勉；且愿读者有以教我也。

我们读书时间分配的问题

我提出这个问题，原来是什么意思，请先说说：（一）很多的人说："忙得很，忙得很！"或是说："没有工夫这样，没有工夫那样……"；（二）有很多人又说："没有事！没有事！"或是说："不要紧，很可以慢慢的！"或是又说不出个所以然，但是总觉得没有事。这两种是极端反对的，然而都是实在情形。

两种所生的现象：第一种好像个"无事忙"，因为忙不出个所以然；第二种是自己知道有事，却不承认有事，但是这种人总归有点事，只要张着两只眼，就有"眸子不正"的事；就是闭着眼，也有"梦邯郸""梦周公"的事。所以这种人没有事还是有事，唱戏，喝酒，冶游，打牌，赌钱，抽大烟！

有这以上两种极端相反、动机不同的事实，却又是同归于无用；所以到底要怎样才好？我们现在是在读书，别的什么这界那界的"奥妙生活"，我们且不必管，我们先讨论自己。并且我恐怕……恐怕……我……你……他……我们：不属于第一类，就……就属于第二类！

人是不是当然很忙，是不是当然没有事？忙的人是不是真忙？没有事的是不是真没有事？这些问题都不必讨论，只简单答复就行了。简单两句话："人的事很多，但是不必忙。"

所以我们读书的事很多，但是也不必忙。读书的事，对于我们，一点也不忙，我们觉得忙，是我们错了！至少说是没有事，当然根本上不能成立。读书又要去赌博、冶游，就不必挂读书的招牌；要说"逢场作戏"，就不必瞒着父兄；要说"偶而为之"，就不要再干第二回。打不了"读书"的招牌，也就要打"人"的招牌。难道真在鬼门关喝了迷魂汤？不然我们不要忘是个"人"。

读书既是不必忙，忙是由时间上生出问题，所以我想讨论这个时间分配的问题，我们少年学会有讨论一项，我就把他提了出来；几天以后，接到弘毅、综两位会友的起稿，已经录在前面了。

弘毅君一篇，虽是理论，却也切实。他说的书的性质，人的精力，与环境关系，等等，都很扼要；不过他把我的题目有点误解：他说的是我们如何分配读书时间，我说的是我们读书的人的时间分配的问题。

综君的"十分之几"分配法，很有道理，决不是随便的，我们细看看细想想就会明白。要注意的，就是他第四项的做工时间，特别占十分之三，这又要拿"工读主义"来说明；只可惜我们没有一个实行的办法。依我意思，只要属于"同时不用脑力"的事就行，譬如关于私人或公众的亲手"操作"的事，就算劳力；再退一步说：我们往返道途，譬如入校及归家，以步代车，也是一种；又如吴稚晖先生所说的"青年的工具"：家庭中，书房中，有些器具，真干起来，也好极了。

综君的第五项尤要特别注意，我们学生界在这"五四"以后，群众运动渐收束了，但是中华民国已经给了我们一种担负：所以如综君第五项的说明中，我们总要择一项，若能力不够，也要出脑力预备，拿出时间去试；他这"十分之几"分配法，最为平允，大家都做得到，我认为这分配法是共同的，不过我个人现状与他的微有不同，我且写出来与他作个比较的参考：

（一）校课占全时间（上课不计）十分之一。

（二）看参考书等占十分之二。

（三）看新书报、新杂志占十分之一。

（四）劳力工作占十分之二。

（五）劳心的事占十分之三或四。

（六）运动占十分之一或无。

这都是以我现状说的，我的工作的事，说个笑话：小而言之，自己照料饮食，洗衣洗裤，补衣补裤，我都认为是劳力，我也常常作，总之我认为实行"操作的"，就算劳力工作。我自己觉得不对的，就是第五项占得太多，应该减去一分，增入第二项或第六项：我自己明知应该改良，无奈乎不能实行，并且第六项几乎没有，我自己知道很不对。

我个人的"十分之几"分配法，不足计较；我觉得综君的很对，很可实行。惟"十分之几"的方法，用时间的单位限度计算起来，是怎样？若不说明，好像是一个"对于已过的观察"，不是"对于此后的规划"了，那岂不近于"造册子""画表"的事，岂不糟糕的？

我们要拿钟点来做单位，决不行；因为以上六项不能每人每日件件都做。若以一日为单位也不对，因为不能说今天做某项，明天做某项。以周以月更不行。所以不能有绝对的单位，只有一个时间单位的限度；这限度用钟点用日全不行，三日五日，又不好计算；最好就是一周。简单说："把一周的时间（除授课、休息、睡眠不计）分为十分，照着前六项分配实行；如第（一）（五）（六）三项可以全天全有；（二）（三）（四）不必每天都有；换一句话说就是：一周之内六项全要做到，全要按照所分配的分数。"

以上的大致如此，详细的我们一面想，一面实行，自然觉得很明白，并且一定觉得有趣，不过这些时间，我们都把授课、休息、睡眠时间除开，这三种也是我们的时间，并且占去了大半分，我们不可不研究。

（甲）授课：这个没有问题，当然要用心听讲，不过也有不可听的；对于这一层，我就主张不听，不特不听，直到可以听时才去听；我匀出这时间，还可做"十分之几"之内的事，不过不要做"逢场作戏""偶而为之"的事才对，至于什么"旷课""缺席"那是学校造册子的事，与我们无关。

（乙）休息：这一种时间分几种：（1）下课以后的最短时间；（2）饮食以后的最短时间；（3）"十分之几"中各项内最短的时间，大概不外三种，长一点的就是睡眠，或是卧病，这是不在预算内的，或是有特殊原因的长期休息，这三种都是一定有的，没有什么可以研究。不过这些休息都要真的，要是适当休息也拿着书看，这叫作"自苦"。

（丙）睡眠：前两种的时间，不能人人都同，这一种依理可以划一。有很多人主张每日睡八点钟。我以为春、秋二季，应该睡七点钟，冬、夏二季应七点半钟，春秋二季的时间，比冬夏贵半点；理由也不是因为什么"春光明媚""秋朗气清"，不过这两季比较上可以少睡半点钟，并且还有地域变迁不同，不可概论；退一步说，四季都是七点钟也好。我们总要睡得够，别的分配的时间才能准，所以不能不有一个允当的限度；至于睡后半夜的两三点钟或是"明天以后前半天"，那是"逢场作戏""偶而为之"的结果，他的时间就没有分配，也不必管他了。还有"昼寝"一件事，也不应当，这是算在七点钟之内，也觉得零碎，顶可以不必，孔夫子骂宰予，是一个很好的教训。

以上的三种说完了，再将我们一天时间总算一算：（一）

授课普通八点或九点，且以九点计算；（二）零碎的休息，二点钟；（三）睡眠七点钟；这三种就算占去十八点了。除下的六点钟就是"十分之几"的分配所占的时间了。倘若只有八点钟的课，或是只以五点钟分配"十分之几"的事，以这一点钟流入休息内也可；又若没有八点钟的课，就可以多出的钟头，加入"十分之几"内。

这"十分之几"的分配时间，用一周为单位限度，到现在就可以用钟点计算，如上所说，平均每日六点钟，七日就四十二点钟，再加入星期日没有课的八点钟，就共有五十点钟了。把它分作十份，每份就是五点，所以我们每周有：（按照综君所分配）

（一）十点钟温习校课（平均每日一点以上）。

（二）十点钟看参考书（可以五日分配之）。

（三）五点钟看杂志（可以四日或五日分配）。

（四）十五点钟作劳力事（可以五日以上分配）。

（五）五点钟作劳心的事（平均每日几十分钟）。

（六）五点钟运动（平均每日几十分钟）。

我的"我们读书时间分配的问题"，说到这里，已经完了。题目是妄拟的，这样分配法，综君提出来，与我意思同，我就把他说明，是不是对呢？不知大家意思怎样？不过我觉得很可以实行，我自己的是实行了，并且我想几十年最时髦的"壁上贴的功课表"，差不多每一个学生都有一个，是不是造册子的作用？也不知道；贴在壁上，能实行不能实行？是一

个问题；天天如此，是不厌烦？又是一个问题；并且有几天
又换了一张贴着的；有把几点几十分都定出来的；这些事我
都干过——我想与其这样死，不如改个活法子。大家的意思
怎样？我们可以从细商量；我们"少年学会"研究问题，是
很欢迎人指教的。

说少年（续）（节录）

（二）现代我国的少年：

甲（总论）

我要说"现代我国的少年"，我又先要作"现代我国的少年"的总论，岂敢！岂敢！普通一个人要论一件事，总说是问世十年或八年。可怜我自从四岁起，读了三四年的《三字经》《百家姓》《龙文鞭影》，又读了三年的四书五经，到了十一岁进高等小学，三年毕业又进了四年中学，现在刚脱离中学，我哪里会知道世是怎样问法？我既没有问过世，读的书又很少，我的家庭愉乐，抛离得很早，我的朋友交际，又很冷淡，叫我从何下手来论"现代我国的少年"呢？莫奈何我的脑筋一定要发出这个题目，我的手一定要拿起笔来写。细想起来我只好顺着脑说我自己的话。对与不对？大家原谅。

我有一个同乡曾慕韩先生，曾做一本书叫作《国体与青年》，他所说的现代青年有三种：（一）堕落的青年；（二）迷惑的青年；（三）自杀的青年。我常常拿这三种，反省我自己：第一层堕落，我自己不能说自己，因为自己说得近于掩饰；第三层的自杀，我自己并没有这样计划，并且常由人生观上反对这事；惟有第二层的迷惑，可怜我自己实在不敢辩护！我现在要说的自己的话，就是要说迷惑的少年，与我这最幼稚观察所得的迷惑少年。我脱帽三鞠躬，向国中自命少年的深深请一个罪，因为我拿迷惑的少年来说"现代我国的少年"。

（乙）所处的家庭

不得不已！我既拿迷惑的少年来说现代我国的少年，我要说现代我国少年所处的家庭，就是迷惑少年所处的家庭。迷惑少年所处的家庭，也就是一个迷惑家庭、糊涂家庭。现在一般人所谓的"家庭教育"，要没有迷惑的家庭，何至于有迷惑的少年？给以袭产，养以丰衣美食，逞一时情感的指腹为婚，抱子添孙主义的早早娶媳，这是迷惑家庭政策的第一种。希望子孙，达官贵显，光宗耀祖，步步高升，今年读字，而明年该读五经了。托张求李，送进学堂。几年速成？越快越好，毕业后可以拿多少钱？差事好不好？将来某某先生，准可以托他提拔提拔，一家子有希望了，孩子出头了！这是迷惑家政策的第二种。"子孙虽愚，诗书不可不读"。过了几年，四书五经念完了，或者是高等小学或中学毕业了，有的是家业艰难，有的说是"世道大变"。人上托人，设法求事，东拉西扯，找点小本，作朝不保夕的糊口生涯：张某是洋行买办，李某是钱店经理，叹惜连天，垂涎羡慕，这是迷惑家庭政策第三种。迷惑的路，千条万条，层出不穷，实在是描写不尽！还有张百忍的五世同堂，人人说是佳话，孰知道一般的家庭，只要时机成熟了，就举行"瓜分"：有的由父母主动，大批爱甲儿，恶乙儿；有的由兄弟争闹，或说父母偏爱，或因行为不合；有的是父子之间，发生问题，父说子不肖，子怨父固守，做儿子的，以为这财产是应得分的，有些毫不平均也不行，做父母的，以为财产是应该给子孙的，若不然子孙何从生活。一般自命少年的，因此一天一天想，产业何时可以分？自己将来得了分产，如何的妻子、奴婢，享受快乐，这都是迷惑家庭所产出迷惑少年的行径，并且是一般自命少年所互相标榜、互相竞争的。大家由这种迷惑家庭钻出来，由各张旗鼓，创造自己的迷惑家庭，传之子孙，迷惑无穷。

（丙）所处的学校

教育！学校教育！"教育即是生活"，学校就是舞台了！由迷惑家庭培养的子弟，受迷惑家庭产出来的教师教育，与一般迷惑朋友"日居月诸"实行迷惑的生活。学校是一个进身之阶，学问是一种手段，时髦不可不趋，面子不可不讲，八十分是甲等，七十分是乙等，军国民教育，养成效命"国内沙场"的志士，慷慨悲歌，做几篇"元元之民，陷于涂炭"的文章，马褂尚黑，长袍尚白，自来水笔，亮光皮鞋，运动短裤，卫生毛衣，处处要挂学生的招牌，总怕人不知道我是学生！这都是时髦少年所受的教育与行为，是好是坏，我岂敢批评，不过我以为"迷惑"两个字，终不能免。至于在学业与操行各方面，我们迷惑少年实受赐不少：惩戒，记过，革除，我们知所警戒了；给赏，记分，褒奖，我们知所荣辱了；考试，发榜，甄别，我们知所发愤了。"黑者，黑也""读书人应受绳墨"，这都是至言至理，小事不敏，静而听之。像这样的教训，是非得失？我又岂敢批评，不过我觉得都是造成迷惑的根源，还得研究才好，要公开，不要秘密；要进取，不要保守。可怕杜威博士真厉害！他说"教育即是生活"。我以为中国的学校是些衙门，四班八房，典吏差役，无所不备，造册子，出训令，一层一级，森威谨严。我们在学校作了囚犯，出了学校，也就不免一个土匪！可怜！可怜！官僚式的教育！贵族式的学生！迷惑的少年！

给少年学会朋友们的来信（节录）

修甫、康农、伯明、骧尘、友松、锡侯、嘉裴、家瑞……诸友：

……唉！我一些亲爱的老朋友们呀！在你们所常想的，以为只要在欧洲就处处可以得安慰吗？固然属于物质上的，我们虽挤在这灿烂而又混沌的空间内，也有些慰藉可言，但我们所经度的搏战生涯，人类同情的、了解的工作还未达到相当程度，我们的精神哪能就说畅快，而且含含糊糊地过日子，又不是我们所当做、所忍做的。

我在这半年来差堪自慰的事情便是能够来实验地做劳力的工作，从直觉的感触中，也得些片段的安慰。但知识的恐慌，既迫促了我反动的着急，一般的现状，又刺激了我刚愎的嫉视。

我"穷极则变"，几月以来为回避恐怖的人生，不能不急筹搏乱的方法。事实上别无他法，我只有忙！忙个不了。以前的复杂的幻想，都用锁钥闭起，直到了现在，最近来因为8小时的权利失去，生活上始稍稍有些变迁（近来欧洲工业市场，大形变动，法国尤甚，工人失业者多至百万。我于一星期前也暂时停止没工作）。这也是我所以能够比较地详细一点来和你们写这封信的原因，我在暂时8小时的努力虽然停止，然而精神生活仍继续不断地无所变易，你们乐闻此说么？

　　大致你们也很想从我得知一些在法做工的消息：在我的责任上，早就应该详告你们一番。不过我个人之见，绝不能得事实上的真理，在11月间我与你们的信中，曾预先和你们商量出《勤工俭学研究号》与《少年》的事。我并且曾与你们的稿子在1921年1月底可寄到，不料这件事我现在很歉意地于时期上对你们失了信！这也是我匆忙中一种热烈的错！现在，这工作我们正在做，不过时期没有那样快了，但也只缓期一月。因为这件事决不仅做文章发表直觉的意见，我们还需有切实的讨论，最近几个星期日，于不远的几个地方做工而很想了解的朋友们，我们聚会了几次，都做严重的辩论、切实的谈话。前个星期日才商决，我们姑无论效果如何，只当作自己于良心上不可隐忍的事，前途上应该不糊涂的事，无论是直觉的、反动的，我们总要披肝沥胆，尽情一吐！现在又因为时间上不可太缓，约定1921年1月以前汇齐大宗的稿子，寄到国内来。寄的事是我担任的，我敢于担任的把握是在你们。现在《少年》是不是仍出我不知道（你们也真做得出，总不寄一份来)。《少年》若还在，就借出一个《勤工俭学研究号》大概是可能的事。否则，这工作是很希望可以做起的，如若《少年》不能借光，只好另出小册子。但也是要恳托你们的。在一月底或二月初可以由法国付邮，二月底或三月初可以寄到，请你们就照这日子预算吧。

……我常常想，我们过去的事，都有些蹈空，所以积极便会发现弱点。我常听朋友说，国内青年受"五四"的潮流太蹈空，不走实际，是现在的最大恐慌，这话实在中肯。比如《少年》于我没出国以前，曾主张停刊的，现在我们大家既感受到学业与责任的观感，又承一些很难得的师友们的催促与赞助，仍在范围以内做点工作，也不能说绝对不可以，不过，凡做起的一件事，在我们现在至少不可不保持的，就是不能懈怠……现在的北京，已经是一个时髦青年的制造所，尤以北大和高师为甚，我恐怕结果之坏，将有甚于五花八门之上海，这都是受"五四"思潮太蹈空之毒！我诚恳地盼望我们朋友务要从冷静处窥探人生，于千辛万苦中，杀出一条血路！……

你们的实诚的　赵世炎

张太雷

青年运动的使命（节选）

一个使命包含着三种要素：一，是胚胎的思想；二，是中间的努力；三，是成熟的结果。

这三种元素之中若是缺了一种或两种，便是使命的缺点，也便使这个使命整个地失败。虽说缺乏一两件元素的时候，也许有些破碎的价值，但已经是使命的夭折，完全失去他的意义了。所谓一贯的精神，便是做任何运动所不可缺的东西，就是指着这三种元素说的。中国国民党在同盟会时代的入会誓词，有两句很重要的话，就是"矢信矢忠，有始有卒"，也就是这个意思。

用这三种元素，来测量中国的青年运动，来时时提醒，鼓励我们的青年，正如我们行路一般，起头是要明白自己的目的地，中间要继续地向目的地进行，最后还要到了目的地，方才罢休。行路的速率也许有缓有急，路程也许有直有曲，但终久是以到了目的地，才算定事，才算完成一个使命。

中国的青年运动不是一种狭义的，乃是广义的。狭义的青年运动乃是指着一种青年人民的集合，为某一种目的的运动。但中国的青年运动乃是一种范围很广、使命很大的运动。他的范围在以前的时候，虽多半限于学生与知识界内，但以后是应当纠正这个重心，而应包括全国各种的青年。他的使命，不仅是以谋青年的福利为中心的目的，乃是以谋全国的福利，当作他任重道远的事业。简括言之，他的使命就是革命的事业。

自然革命的事业，不是单独放在青年人身上的。而从事革命的人，年龄原不一样。但这不是年龄的问题，而年龄的大小亦只是个比较的数目字，并非是绝断的东西。但就事实上讲起来，革命的重担子，是大部分放在年轻的人的身上。八十年以前意大利复兴的时候，有一位革命家马志尼，创了一个社会，名叫"少年意大利"，这是意大利复兴的一个基础。先总理当日在东京与欧美鼓吹革命的时候，也是以青年为他的根本，他说："时适各省派留学生至日本之初，而赴东求学之士，类皆头脑新洁，志气不凡，对于革命理论，感受极速，转瞬成为风气，故其时东京留学界之言论思想，集中于革命问题……留东学生提倡于先，内地学生附和于后，各省风潮，以此渐作。"又曰："乙巳（一九〇五）春间，予重至欧洲，则其地之留学生已多数赞成革命。盖彼辈皆新从内地或日本来欧，近一二年已深受革命思潮之陶冶，已渐由言论而达至实行矣。予于是乃揭橥吾生平所怀抱之三民主义五权宪法以号召之，而组织革命团体焉。于是开一会于北京，加盟者三十余人；开第二会于柏林，加盟者十余人；开第三会于巴黎，加盟者六十余人；开第四会于东京，加盟者数百人。中国十七省之人皆与焉，惟甘肃尚无留学生到日本故阙之也。"这便是同盟会的起源，其中的分子大半是留东西洋的青年学生。所以中国的革命事业，起首便是由青年担任，辛亥革命之所以能成功，也就是靠这个青年组织的同盟会。所以中国的青年从最初的时候，便把这个革命的重担子，放在自己的肩上，这会中国青年对于使命已经有了正确的认识。自同盟会成立以至于现在，国内有大意义的举动，无一不是与青年有关，由青年居于领袖与先锋的地位。如五四运动是中国历史上有价值的事，而发动主持的人是青年，五四以后的各种爱国运动，无一不是中国的青年做的。这些爱国运动里面的意义，便是国民革命，中国今日之各种新的气象，所以能蓬蓬勃勃风起云涌，都是青年运动的潮流的鼓荡。外国人对于中国不敢再轻视，就是为的青年运动。这一层他们看得最明白，亦最惧怕。因为在他们的国内，青年人伏处不动，而中国的青年，却迫于时势的要求、国家的危亡，起来担负了这个革命的重任。照这样看起来，中国的青年运动，从革命发动的初期，直到现在，是一个一脉相承、继续不断的东西。用篇首所提出的三种元素来测量中国的青年运动，可以说是三种元素之中，已经完全具备了第一种，便是胎胚的思想，而于第二种中间的努力，也算是做了相当的工夫。因为自从认识了革命的责任以后，中国的青年已经抱定了一个思想，一个目标与使命，所以第一种元素是完全具备了。至于第二种元素，努力虽不算少，然比起要做的事来，却还差得多。民国十五年以来中国的政治失败，已经证明了反动的势力太大，青年的努力还不够。我们的青年，鉴于既往的失政，对于将来当抱一个比从前更坚决、更彻底的态度，来继续地努力，时时刻刻将革命的目标悬在眼前。从前有勉励青年人的几句话，叫作"迢迢望南山，路远莫之致，行行重行行，千里亦云易"，革命事业，便是我们青年眼睛仰望着、步履趋向着的"南山"。老实说，在继续努力的时间中最大的危险，有两种：一种是半途而废，一种是失其目标。意志不坚定的人，因为革命的路程太远，行走得太疲乏，也就不免于望洋兴叹，中途废止了。至于失其目标的事，也是历史上大运动曾经见过的事，甚至于一个团体，后来的目标，完全与起初的目标相反，这真是痛心的事。这两种危险发生的原因很多，但我们可以提出一种来，就是由于未曾确切估计路程的远近，工作的难易，与反抗势力的大小，所以才发生这两种失望情形。中国的青年运动，离出发点已经走了不少的路程，但离目的地还远。现正在中途，正在中间努力的时期之中。将来能否达到最后的目的地，完全要看现在的努力如何。

············

袁玉冰

先烈简介：

　　袁玉冰（1899~1927），江西兴国人。中学读书期间，发起组织进步团体"鄱阳湖社"，后改名为"江西改造社"，主编《新江西》杂志。1922年，加入中国社会主义青年团，同年加入中国共产党。1924年，到莫斯科东方大学学习。1925年回国，任共青团上海地委书记。1926年，任共青团江西区委书记。1927年12月13日，在去南昌向省委汇报工作时，因叛徒出卖不幸被捕，同年12月27日在南昌壮烈牺牲。

勖　弟

人生难得是青春，要学汤铭日日新。

但嘱加鞭须趁早，莫抛岁月负双亲。

注：这首勉励弟弟的诗，是作者 20 岁那年写的。作者劝告弟弟，青春是人生最宝贵的时期，并引用汤铭的典故，勉励其弟要保持日日进步，要趁着青春年少加倍努力，不要荒废了光阴，辜负父母的期望。

蓝裕业

先烈简介：

　　蓝裕业（1902~1928），原名钦彝，广东大埔人。1921 年 7 月，考入广东高等师范学校。1923 年，加入中国共产党。1924 年后，担任第二届青年团粤区执行委员会候补委员、委员和广东"新学生社"委员会副书记。1925 年 8 月，担任《工人之路》总编辑。1928 年 1 月，担任中共潮梅特委书记。1928 年 2 月 13 日，在汕头牺牲。

"国际青年日"敬告全国青年

国际青年日是社会主义少年国际在便值大会上由爱尔兰代表团的提议而规定（的）一个青年运动纪念日，这个运动在欧洲已经过了十次，每年九月第一个星期日，全世界各国青年都热烈地开会纪念，游行示威，表示对于压迫阶级的反抗。我们中国的青年现在正被虎狼的帝国主义吞噬着，对于国际青年日之来更要如何鼓起万分的热诚来纪念它才好！

国际青年的历史是怎样呢？一九一四年欧洲大战爆发，这本是资本主义的国家互争殖民地的结果，于一般穷苦的民众，特别是被资产阶级压迫的无产阶级简直是毫无关系。不但没有关系，战争开始之后，食粮缺乏，物价昂贵，皆一般穷苦民众直接尝受。所以一般穷苦民众为自身幸福计，只有起来反对军国主义的战争。当大战未开始之先，所谓代表工人阶级的党，第二国际已表示反对的态度，并决定凡是加入第二国际之社会党，都应该作反对帝国主义的宣传。不料开火之后，各国社会党竟忘了第二国际的解决案，一律参加资本主义的战斗，并利用许多爱国名词来欺骗一般青年，替资本家去送死。大战终结之后，只打死二百余万，杀伤千余万的青年，资本家只有在旁鼓掌喝战，自己却毫无损伤。

当战争正激烈的第二年，便有许多国的青年们，看破资本家这种毒恶诡计，便联络许多青年反对军国主义的战斗，这就是国际青年纪念日之由来。在一九一五年第二国际少年部正式秘书竭力主张反对战争，后来得了第二国际左派分子与各国少年劳工会的革命分子的响应，结果召集大会于培恩（瑞京）议决少年独立的政治运动，号召各国社会主义的青年联合起来反抗战争，并在大会上规定每年九月第一星期日为"少年国际日"。一九一七年俄罗斯革命成功后，这部分少年就完全加入第三国际，改组为"少年共产国际"。少年共产国际去年在莫斯科开第四次国际大会，到会代表一百三十余人，已成为全世界无产阶级青年唯一的组织了。

帝国资本主义是人类唯一的仇敌，在西方平时则剥削一般无产阶级，令他们寒不得暖、饥不得饱，战争更是帝国资本主义下唯一之产物，此犹帝国资本主义在西方所造成之罪恶。至若东方则帝国资本主义所做成之罪恶更是罄竹难书，四万万的中国民族、三万万的印度民族，完全受少数西方资本家的压迫。一百年来的资本主义侵略，使印度已夷为亡国，南洋各岛的民族已有灭种之虞，中国则已成为半殖民地，国家政治经济之大权皆操在外人之手中，国虽未亡，实质上已等于亡了。

在帝国资本压迫之下中国青年又如何呢？我们无数之青年工友在外人厂内做工，每天做十二小时的工，得不上小洋三角的工钱，工厂无卫生之设备。我们的农业状况如何呢？农业品的价格，不见得高涨，而生活程度之增高，则一天一天暴涨，整天整年的耕作得不到温饱，遑言教育？我们青年的士兵，每月得不过六七元的伙食，受帝国主义走狗军阀之驱使，上火线拼命，我们青年的学生，学校天天闹经费，教员天天闹薪水停课，无完备之图书馆、娱乐场之设备。中国的青年生活境遇恶劣到如此田地，皆是帝国主义资本剥削中国所致。

最近帝国主义进攻中国之形势更厉害了，从经济政治之侵略乃转而为直接的屠杀，上海"五卅"的屠杀，汉口六月十日的屠杀，广州六月二十三日的大屠杀，死者多为我青年之工友、学生、兵士，真是尸山血海，帝国主义取给我们之"恩惠"，真是不堪回首呀！

然而帝国资本主义是必倒的，最后胜利是当然握之我们的。帝国主义者愈用力压迫与屠杀，则其反抗亦愈烈。最近二三年，欧洲已因失业人数之增加，经济之恐慌，已迫工人阶级不能不革命，罢工之事日有所闻；东方因帝国主义之加紧压迫，已使各被压迫民族醒觉起来，反抗之声亦愈厉。最好个例子,是最近上海、香港各处大罢工已使帝国主义惊(心)动魄。这东方被压迫民族革命与西方无产阶级世界真目的皆在于推倒帝国主义,完成世界革命!

我们相信,只有我们半殖民地的中国青年与西方无产阶级的青年作十分密切之结合,在少年国际旗帜之下团结起来,手携着手、肩并着肩,反对我们仇敌帝国主义,共同创造将来和平自由之社会。

全国的青年工友、农友、学生、兵士,现在的世界是何等黑暗,何等不自由,光华的世界,正在前面等着你们,但黑暗的势力却阻着你们,唯有颈血才可以洗出一切光明,请你努力吧!前进吧!

1. 全中国的青年联合起来!

2. 全世界青年联合起来!

3. 打倒帝国主义!

4. 少年国际日万岁!

5. 全世界革命万岁!

贺尔康

先烈简介：

　　贺尔康（1905~1928），湖南湘潭人。1922 年，入湖南自修大学附设补习学校学习。1923 年，加入中国社会主义青年团。1925 年，加入中国共产党。1926 年 9 月，任中共衡山农民协会青年部长、中共衡山地方执行委员会委员，负责农民协会和青年团工作。1927 年，任中共湖南省委委员，曾参加秋收起义。1927 年 12 月，组织长沙近郊农军参加"灰日暴动"。1928 年春，不幸被捕，旋被害。

贺尔康日记（节选）

今日是星期四,傍晚时才到灯下读书。何先生(即何叔衡)唤我到房中，问我家状况，又问我怎样要来读书，读书是为了什么呢？于是出一个题目给我做:《我之家世及我之志愿》。我就写道："我将来的志愿，是要能为国家做事。"先生看到这里，就对我讲:"你将来想做官，还是想为国做事？"我想，现在国家坏到了这样，我还想做官去弄钱？我的心思实在不是想做官弄钱。我在乡间，要求入学读书，有位先生常打我的破，不赞成，对我说:"你没有科学知识，年龄又大，如何入得学校？"我说:"去入补习学校。"他说:"你现在去补习一学期还只入得高等小学校;高等小学毕业，还是没用。"他又说:"要得中学毕业，非八九百元光洋不可，你现在定要去弄钱，就不若把中文练好，小楷字习好，学点杂笔，就可以出外去找事。要是你能读到中学毕业，出来也只能够教书，每年又弄得好多钱呢？事实上，你现在中学毕业是不可能的。"于是那先生很不赞成我入学校，我对他很是反感。我们乡间有些富足的人家，有人在外做官的每年赚许多钱，在家买了许多田业，我敢说那些富足人只是某家的肥猪。十里路之内，常传说某家喂着许多肥大的猪，是如何肥大；说那些富足人家，是如何富足，这不过是肥猪而已。而黄兴、蔡松坡没有一个人不知道，现在他们虽已死了，我说他二人并没有死，他们做的事仍传于后世。我是不愿意做官弄着些钱来做肥猪的。何先生问我之志愿时，我说要能为国家做事的本意就在此。但我没有解释"为国家做事"这五个字。实在我之志愿，是要做个不死的人。现在我国受外国虐待得了不得，被割去了许多地方，租去了许多地方，而我国当政的人都是军阀，虐待人民，人民困苦极了。我想着我国至如此地步，心里时时不舒畅。我要立志办好我国。我之立志，宜以古人班超为法。班在幼时即能立志爱国，当时想要立功于世；人人多笑之，超不听，终能立功在异域，可谓有志者事竟成。我知道世上没有难事，只要我们有恒。

我在校中时时快乐，因在乡间来入学校之前，人人说我会半途而废，每学期定要光洋三四十元，定要缴齐才入校，我在家自己私想，读书没钱，就到学校去寄宿，不寄餐，那里有炭火，每日夜间可去煮一罐稀饭，就够了。我想那些叫花子，每日岂有罐稀饭吃吗？每夜岂有好铺盖睡吗？我必以坚忍果敢、不屈不挠之精神，力战胜之。我就决定来校。现在这里的先生许可我进了学校，又许可我在校寄宿，我真快活极了。我可每日吃一罐稀饭，每日求得许多知识，这样比在家饱食终日有进步得多。

一九二三年八月十六日

陈逸群

先烈简介：

　　陈逸群（1905~1928），江西铜鼓人。1921 年秋，考入江西省立第一师范学校。1923 年，加入中国社会主义青年团。1925 年，转为中国共产党党员。1926 年 12 月，任中共铜鼓党团中心支部书记。1927 年 6 月，任中共铜鼓县委书记。1927 年 11 月，在秘密召开中共铜鼓县委扩大会议时被捕，后被押解至南昌戒严司令部军法处看守所。1928 年 4 月 13 日，在南昌英勇就义。

给同学的信（节录）

我想人的一生也不必求什么富贵，什么势力，只要能为国家尽义务，为社会造幸福，才算是好国民。况且今日五洲交通文明日进，吾辈青年人的学问，不但自己晓得就算够了，并要介绍到那穷乡僻壤……

罗亦农

对赴莫斯科中山大学
学习同志的谈话（节录）

此次赴莫是你们的好机会，可学许多革命的理论与经验，与赴欧、赴美留学不同。

莫为全世界无产阶级及被压迫民族反抗帝国主义、资产阶级大本营。

莫集二千年来反抗压迫运动的经验，集最近欧美百年来工人运动的理论。

莫为全世界无产阶级革命新战壕。

俄国现状还没有到理想的共产主义、社会主义社会，不过是工农夺取政权，想建立一个国家，换句话说只是向共产主义路上跑。

现在以大企业、工厂都为国家所有，破坏资本主义，建设国家资本主义，因此，有许多不能使我满意。

许多小资产阶级以为俄国已为很好，是空想。要在全世界工农夺取政权后才可到达这一理想之邦。

苏维埃一方面向社会主义走，一方面有许多困难，因为他现在到处受帝国主义反对的缘故。

俄本身虽有最新经济组织，但尚包含中古世纪的半封建式的思想与心理及组织，所以建立理想的社会主义是很困难的。不过苏俄是向民族解放路上走，因此革命者都要爱惜它。

苏俄的革命的理论与经验，已使东方、欧洲各共产主义运动得到好的组织。

马克思主义在欧洲尚未革命，奉行者为改良派，把它革命性去掉很多。在欧洲大战时本可一致起来革命，欧战后也有许多国可以革命，但改良派在欧战时提倡保卫祖国，加入战争。后来产生列宁等左派号召革命，因有改良派的破坏，都受损失而不成功。

总之，欧洲的理论是靠不住的，靠得住的为列宁主义。

现在东方、欧洲都采用列宁理论，我们赴莫就是学列宁理论。

诸同志有很多缺乏列宁理论，这次是好机会，不要错过。

过去许多同志弱点是不能好好用功，这使我们悲观，回国后不能做革命的主力工作。

现在到莫心理有几种：好的在学革命理论；不好的在看

热闹，甚至回来想做大学教授与理论家，但我们要实际行动的理论家与大学教授；有的到莫是糊涂过日子的。

你们同志如果有这种心理，是不好的。要时时刻刻用功，时时刻刻留心革命的时机。我们是处在天天资本主义崩溃、民众力量扩大的时期，是每一个同志奋斗的时期，应当采集许多力量来做革命工作。

你们赴莫与国内同志相隔很远，应好好努力读书。

…………

向警予

先烈简介：

　　向警予（1895~1928），原名向俊贤，湖南溆浦人。中国共产党创建时期重要领导人之一，杰出的共产主义战士，忠诚的无产阶级革命家，中国妇女运动的先驱和领袖。1912 年，考入湖南省立第一女子师范学校。1919 年 12 月，同蔡和森等 30 余人远涉重洋，赴法勤工俭学。1922 年初，加入中国共产党。同年 7 月，在党的二大上，当选为中央委员，担任党中央第一任妇女部长，开始领导中国最早的无产阶级妇女运动。1928 年 3 月 20 日，由于叛徒的出卖，在武汉法租界被捕。同年 5 月 1 日，被国民党反动派杀害。

在欢送第八届留法
勤工俭学学生会上的演说

前日（七日）上午十时。寰球中国学生会开会欢送留法学生，到者有湖南、四川等省男女学生一百余人……次湖南留法学生向警予女士演说。略谓：

中国今日之种种事业，其希望均在学生；而学生中分子不能完全，希望学生界此后宜渐趋纯粹。寰球中国学生会实指导学生入正轨之绝好机关。所最钦佩者，会内办事诸君均有真实之诚意，对于吾人之扶助不遗余力，虽琐碎之事莫不详为指导，令人敬慕无已！

今日到会者，均系勤工俭学学生，比较普通学生略有不同。处今日之世界，应各有自立之能力。勤工俭学即自立之实习，亦即自立之基础。此去应各振精神，以谋各个人自立之职业。且吾人之求学，宜抱供献于人群之宗旨，以谋振刷东方民族之精神，亦吾人应注意也。

致侄女的信

功侄：

我来法年余，接得你两封信，第二次信文字思想迥异于前，几疑不是你写的。这样长足的进步，真是"一日万里"，不禁狂喜！

科学是进步轨道上唯一最重要的工具，应当特别注意。你现在初级师范，程度与中学相当。所习的是普通科学（即基本科学），应当门门有点常识。你于英、算、文、理能加以特别研究固好，但不要把别的抛弃了。

你不愿做管理家业的政治家，愿发奋做一改造社会之人，有思想有识力，真是我的侄侄！现在正是掀天揭地社会大革命的时代，正需要一班有志青年实际从事。世界潮流、社会问题都可于报章杂志中求之，有志改造社会的人，不可不注意浏览。毛泽东、陶毅这一流先生们，是我的同志，是改造社会的健将。我望你常在他们跟前请教！环境于人的影响极大，亲师取友，问道求学，是创造环境改进自己的最好方法。你们于潜心独研外，更要注意这一点；万不要一事不管，一毫不动，专门只关门读死书。

熊先生与我同在蒙台女学，人甚好。范先生住距己不远之可伦坡，间与我通信，亦好。

你要的明信片，有尔即买寄。以后如能将你的一切状况时常告我，我最欢喜！近拟与熊先生们组织一通信社，以通全国女界之声气。此事如成，你们于立身修学亦可得一圭臬矣。

九姑

四月二十九日午后

青春寄语：

学问事业，原不是教师们能给予我的，根本还在自己的努力。但是仅止空空洞洞的努力，仍旧得不到结果的。第一要有目标，就是要知道我为什么读书；第二要有方法，就是要知道我应怎样读书

中等以上女学生的读书问题

"男女应受同等的教育""女子应受高等的教育"，这话新教育家、新思想家唱了好几年，已深深地印入了女青年的脑海。所以近几年来很有些青年女子——中学生、师范生、小学教员……发癫发狂似的挤进高等学府——高等师范、专门学校、大学校……的考试场。然而大多数总是名落孙山，扫兴而归——实际，这种现象原不止女子，不过女子比较更多罢了。这是一部分现象。

学校的好，全在于职教员得人与课程的完备。职教员固然要人格高尚，有教育家的精神；尤其要能明了世界大势，有充分的近代思想和科学常识。这样的职教员才能供给学生以新养料，牖启学生的新生命，引着学生向二十世纪的新程途上一步一步地前进。可是回转头来看看今日的女师范、女中学、女高师，完全和这个南辕北辙。固然，全中国的教育，大部分都陷在腐败不堪之中，业已成为普遍的官僚化与饭碗化。可是女子教育，更其落在水平线以下了。女师范不及男师范，女中学不及男中学，女高师不及男高师，这是今日很普遍的现象。所以结果，女学生的成绩大多数不及男学生。这又是一部分现象。

　　少数比较觉悟的女青年夹在这个腐败窝里，冤愤欲死。力能转学的都另转了学校，不能转学的只好忍气吞声，郁郁终日。强一点的受不住了，便起来要求改良；要求不遂，则采用革命手段驱逐校长，驱逐教员。所谓闹风潮，捣乱，不良的学风，也卷进女学校来了。这又是一部分现象。

　　为什么会有这种现象？这种现象延长下去，会结如何的果？这些都是极值得研究的问题。据我看来，以上三部分现象，合拢来却只是一个。这三部分现象彼此成了相关的联锁，要分也分不开的。第三部分现象，固然是第二部分现象所造成的果；第一部分现象，又何尝不是第二部分现象所造成的果。然则第二部分现象究是如何产生的呢？这却有几种原因：

　　第一，乌烟瘴气的旧礼教，既然依旧是气焰万丈，弥漫全国，而老冬烘遂成为女学校长教员人选的上乘，这些老冬烘满脑子装的是三皇五帝、道德仁义、乾刚坤柔、天尊地卑，还哪里有空隙去容纳近代思潮和科学常识。他们眼光中的模范女子当然是孟母、班昭、乐羊子妻。这种春风化雨之下出来的人物，顶乖乖叫的便是博士、学士的夫人，或鸟啭虫鸣的诗婆。

第二，由小闺房乔迁大闺房——女学校——的女学生，她们坐井观天，原无辨别好丑是非的能力。小羊易驯，只要不拂她们女孩儿的性子，或者加以抚摩，便什么人都是好的。所以女学校简直成了不才职教员的渊薮。

第三，她们虽然进了大闺房，仍旧不能摆脱小闺房的人生观。科学、知识、奋斗、向上是顶绞脑汁顶辛苦的事。教职员对于课程随随便便，自己也正好借此偷懒，借此多出些搽胭脂、抹水粉、编绒绳衣物的工夫。间或学校举行一两次运动会、游艺会或表演新剧，观众喝彩，报章赞许，便尔得意洋洋，以为世上再没有比她们的学校好的了。这样师生糊涂，彼此相蒙，遂演成今日一般女校敷衍苟且的局面。什么科学的空气，世界的思潮，社会的问题，国家的存亡，就是外面闹得天翻地覆，也不容易传播到铁桶似的女学校里去。

有了以上种种原因，才有今日女学这种现象。如果这种现象永远延长下去，其结果便是：

一、中等以上的女子教育，专门一批一批地制造高等附属品和装饰品。受过高等教育天字第一号的女学生，是能做她丈夫的书记，她能懂得几国语言很可以帮助她丈夫，替他抄写，替他整理书籍文稿，替他校对印稿。有时，她丈夫要去赴学者大会，她也许替他收拾行装，送他上火车，也许跟他同去，替他买票，照料行李和种种麻烦的琐碎事。丈夫高朋满座时，又能发出很趣味的谈话给大家助兴。

二、男女两造为社会进化的两车轮。女子教育的现象恶劣如此，社会进化的两车轮将永远不能得着均齐协调的发展。社会将永远陷于半身不遂颠跛迟滞的状况中。

这种结果，固然是把女子首先牺牲，而社会也同时受了株连之害。这样说来，这个问题原不仅仅是中等以上女学生的读书问题。而中等以上的女学生，却是身当其冲的。无怪她们中的觉悟者对着这个问题总是攒眉蹙额，彷徨焦虑。在理，这个问题，教育当局应负些责任。卑鄙龌龊的教育行政机关，不过是群蝇之膻，原够不上责备。独怪全国教育联合会及中华教育改进社等原是全国教育名家的集合体，专以改革全国教育自任的，何以对于这个问题竟亦视若无睹？难道"重男轻女"的心理，教育家也不能免么？听说中华教育改进社还设有女子部，当然更不能武断他轻蔑女子教育。然而我们却始终未见该社的女子部对于这个问题加以考虑——或者已在考虑之中未曾宣布也未可知。我的意见，要根本地解决这个问题，便不能不做一番算总账的工夫，彻头彻尾地改造：

第一，完全改变女子教育的方针，以近代思想、近代知识启发女青年。

第二，将十余年来盘踞女学校的老冬烘完全铲除。

第三，将带特殊性的女校编制、女校课程，一律废绝，严格地采用最进步的编制和最完备的课程。

第四，招收学生，严考程度，毫不敷衍，毫不迁就。其因从前师范中学办法不良根底浅薄者，设法令其补足。

吾国大学程度不及欧美中学，中学程度不及欧美小学，而吾国女子中学、女子师范毕业生，其程度还不够教吾国小学；女高师、女大学的毕业生，其程度亦不在吾国男中学、男师范之上。女子学问水平低落至此，倘仍因循故态，真不知伊于胡底！然根本解决，谈何容易。试思手工业、农业经济的中国，此等科学擅长而有思想的师资，能否从天而降？且哪里可发一笔横财供给近代科学实验完备的建设？今日军阀当国，招军买马，南征北讨，已把全国教育磨到九死一生，政治问题不解决，敢问教育改革从何下手？故就今日现状言，即使有最热心、最高明的教育家也只能做补苴罅漏的工夫。何况这种教育家的有无尚不可知呢？然则觉悟的女青年，你们在这种腐败教育之下，将甘心情愿服服帖帖地受其腐化么？真正觉悟的女青年，不，绝对不。在这种腐败教育之下最感痛苦的，可说只有身当其冲的她们。我这篇文章也就正是为彷徨抑郁深感痛苦的她们而作。然而浅薄如我又有什么方法安慰我们的姊妹，又有什么能力为我姊妹们解决难题？但是问题已在我们眼前了，事实时时刻刻迫着我们不能不解决。所以我也急不暇择，把我个人目前的意见全盘托出供姊妹们的采择。

我以为姊妹们不幸身处腐败学校，徒然不满现状，消极悲观，固然是毫无意义；家庭高压，经济万难，事实上不容我们有选择学校的自由，偏要魂思梦想亦属自讨苦吃。这两种态度，虽然是情之所至不能自已，然而在我个人却十分地不表赞同。问题当前，我们除却就客观事实可能上想出一个积极解决的办法，便是忧死急忙，有何益处？俗话说得好："求人不如求己"，事已至此，我们只好排除烦恼，屏斥妄想，鼓起精神，竖起脊梁，以自己的力量解决自己的问题。

学问事业，原不是教师们能给予我的，根本还在自己的努力。但是仅止空空洞洞的努力，仍旧得不到结果的。第一要有目标，就是要知道我为什么读书；第二要有方法，就是要知道我应怎样读书。这样有目标有方法的读书，才能得着读书的结果，发生读书的效率。我以为欲定吾人读书的目标，首宜认清时代，次宜认清自己所处的地位，再次，宜认清今日社会急切的需要。在二十世纪的时代，重演前十几世纪的陈古董，未免逆转历史进化的潮流，为历史进化所不许。所以二十世纪的中国决不容有废女学、毁女权的事实出现，也和决不容有称帝复辟的事实出现一样。二十世纪的时代是被压迫阶级从压迫阶级中解放出来的大变化时代。这个时代，是人类全体到平等自由之路的过渡时代。我们女子也是被压迫阶级的一部，我们处的是被压迫的地位。欲免除压迫，老实说来只有联合同阶级努力作战改造社会的一法。现在的社会简直是血包脓的社会，是万恶之丛。除了我们女子，还有整千整万在人类中占最大多数的弱小民族和工人，无一不在资本帝国主义的铁蹄蹂躏之下，辗转呻吟过那九死一生的生活。时至今日，社会需要再没有比革命改造还急切的。我们女子如果稍知时务，稍有人心，便无论为人类为同胞或为自身的解放，都非毅然决然踏上革命改造的前线不可。故那些"为读书而读书""为娱乐而读书"，或"为将来嫁一如意郎君而读书"，皆不是我们以人自居的觉悟女子今日读书的目标。我们读书的目标，应是：准备改造社会的工具。

文学美术，能建设在改造社会的基础上与人生问题发生实际的关系，当然有他相当的价值。如果专门炫词调，夸丹青，或是描写那两性莫名其妙的肉麻恋爱、花儿鸟儿、卿卿我我，又有什么意味？这种能事，只是古代名媛才女的专技，二十世纪觉悟女子的使命似不在此。然则根据我们的目标，我们应怎样读书？哪些书是我们必须要读的？关于这个问题，周作人先生在他的《女子的读书》一文中也曾说过。他说：

"……教育的目的既然在于发展个性，那么独立判断力的养成，当然是其中的一件……教室里的哲学的理论、科学的实验，比以前的圣经贤传、骈散诗文，当然好得多了，但于养成独立判断，发展理性勇气的上面，其无力几乎相等……据我的偏见说来，在这方面最有益的是那些具体地说明自然与人生的科学书，如生物学、人类学、文化史等。其中以生理心理、道德发达史等尤为切要。学者能平心静气地先把这些知道一个大概，再就最切身的性之生理和伦理等稍加研究，筑下根基，于是出来涉览一切，无论在什么书中都能得到利益……近来胡适之、梁任公诸先生都指导青年去读‘国学’书——凡是书都可以读的，所以我并不想反对他们，但是总怀着不相干的杞忧，生怕他们进去了不得出来（吴稚晖先生更说得痛快：什么叫作国故？与我们现今的世界有什么相关？他不过是世界一种古董，应保存的罢了）……”

在养成独立判断和发展理性勇气上面，周先生对于女子读书的指导，可算很对。但于女子自身解放和改造社会的目标的应用上面仍嫌不够。所以我于周先生的意见之外不能不加以补充。我以为今日女子的第一任务在于了解她自己的地位和社会这个东西究竟是什么？尤宜明白社会进化的历史，明白政治经济的关系，所以历史学、社会学、社会进化史、经济学、政治学、法律学、哲学等等，都应加一番体会。以先后缓急说，社会科学的研究应在自然科学之前。自然科学的研究，也不仅是周先生所说的那几种，就是天文学、地质学、物理学、化学等等，都应弄个相当的根底。这样读书才能养成充分活动的能力，解放自身，担当改造社会的使命。现在要找合乎这种标准的学校，简直是走遍中国找不出——其实，就是欧美各国又何尝能有这样的学校？所以说来说去，最可靠的还是自己的努力。中国出版物虽然幼稚得可怜，然而尽可勉强敷衍我们的研究。我们还可加紧学好外国文，满足我们的要求。假若先知先觉们能应我们的急需，编译各种小百科丛书，那更是再好没有的了。

不过以上云云，完全是为个人读书说法。至于现今最腐败的女子教育——天天在那儿腐化我们的，我们简直不能把它怎样。所以更进一步的办法，就是组织读书会，将志趣相同的团结起来，这就是树立中心，化臭腐为神奇的办法。女学校所以特别腐败的原因，既是人部分由于女学生大多数的不自觉，那么，如果不设法转变空气使大多数渐渐自觉，女子教育哪还有改良之望？而本来很可造就的多数女青年岂不要一一遭其腐化吗？所以"觉悟分子团结起来"，于人于己确是万分的必要。不过，有一件事我们须得加倍地注意，这事是什么？就是历来女学校少数觉悟分子的改良运动和改造运动，皆以不得多数之助而致失败。"前事不忘，后事之师"，所以我们以后发生改良运动和改造运动时，万万不可忽略对于多数宣传联络的工夫。我们既抱将来改造社会的大志，正不妨在学校里作一番根本培养，从改造同学入手。果真这样，我们的求学问题也就不解决而自解决了。

一九二四年·一·二十一　于上海

沙文求

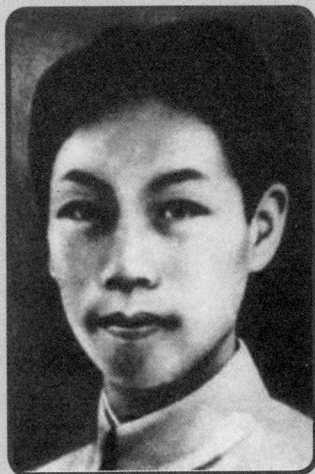

先烈简介：

　　沙文求（1904~1928），宁波鄞县人。1920 年，入宁波效实中学读书。1925 年，入上海大学社会学系，受恽代英等共产党人的教育引导，并加入中国共产党。1927 年 12 月 11 日，参加张太雷等领导的广州起义。1928 年 8 月，在广州牺牲。

写给四弟的信

四弟：

前两天收到你的信，才知道你的周围怎样惨淡，你的生活怎样辛苦，你的精神怎样困乏，身体怎样惫疲。

你的职业确是世间唯一可以宝贵的职业，如体健力足自当坚持此业，决不应学搏名投利之流有所恋念而他就，亦不应做患得患失之徒有所畏惧而不前。无奈你的肺痨已深，即余下的生命已属有限，更不必问精力还有多少。我以为如果你现在依旧恋恋于此种尊贵的职业，而不肯暂时舍弃或放松，那就不该的。你不肯放弃，"自然"将置你于死，你能够和它对抗吗？人们只能是顺着自然去求胜利，违背或疏忽了自然，将不只求不到胜利，必要灭亡。

怕事情无人负责，那真是小孩子的见解。我们看孙中山先生死后，革命运动倒也不见得衰落——反而发展。你血性要为社会努力固然是好的，但终要根据实际情形，量力而行。

到了精疲力竭的时候还要强持硬撑，那便是不智，不果断。至于说到对社会的仁爱心和同情心，那更不是一个二十世纪青年所应有的思想。青年在社会中只能尽其自己个人的责任，社会也只能希望其如此。不比封建时代的英雄思想，以为天才一人可以尽无限量的责任，可以抵过百千万常人的努力。既然一人只尽其"自己"的责任，那么，当然他的努力不能完全以社会的要求为去就，也应该计及本人的精力。因为这样，所以学生就做学生的事情，农夫就做农夫的事情……都不侈望做些什么伟人的事情。因为这样，所以有力的时候不巧避责任，疾病的时候也不必硬强支撑以求无代价的牺牲。

我们的行动要果敢。前进负责的时候自有其坚定的意志主宰，有其相当的能力准备着，有其相当的勇气储蓄的，并不是有求社会之同情或被社会之同情所驱策。到了将临绝境的时候，一经觉察，就必须回身退跃，重振旗鼓以图再来，此时也不可对社会深抱同情，念念不舍，以致误事。若不能如此，那便是感情主义，对于社会改造的价值很微。

我对你说上面的话，并没有顾到兄弟的情谊，不过同常人一样，用一种极平坦的劝告就是了。

你对于自身问题将来决定了，请再告我！

兄　文求　27.5.23

致陈修良

道希：

来函收到可有三天了，前日动笔作复，以诸事之纠缠不曾竟功，今天也不去继续了，还是另写一回畅快！

没有接到你这一次来信的前几天，我已经写好了一封信拟寄武昌，但因邮费无着，不能不搁在抽屉中，等到你"跳到上海"的消息传来了，我才知道即使把前书已经付邮也是空劳。

你到上海了，去年今日你也是在上海。去年今日的上海和今年今日的上海不过是半斤八两，但是去年今日的你已不是今年今日的你了——你自己也承认的，出洋以后有多方面的进步。这一点是我为上海而惆怅，为你而庆幸的。

来书说我还希望在大学读书那句话不对。我记得很早已经对你申辩过了，为什么你还不曾明白我的意思？在我自省时，我还以为自己恐怕太轻视学校生活了，不过细想起来又觉得不至于。忠实地告诉你，我自出效实后很相信自学要比进一个普通的大学有价值，只因有种种的掣肘所以不能毅然见诸实行。入"上大"是哥哥重视社会偶像的作用;进"中大"是生活萎枯时的一种流转，只有投考复旦理科是自己严格决定的。那时的愿望是想由复旦转学"北大"去研究最渴望的理论物理学。请你不要笑！我对你说，我生平很想把人生求得一个美满的根本的解答。但是这又不能不先有一种正确的宇宙观，而宇宙观只能从科学的方面，尤其是物理的方面去努力方能正确。我在中学时代，因生活中很多激刺，心神常在一种激荡的状态中，所以虽然对于数理学有酷爱的性情也不能有殷勤的努力。所以我在中学毕业后，实际上，数理的根底很是薄弱。但是我那时的思想既如上述，同时又于社会科学毫无研究，同时又对于一般的漠视宇宙人生而役之于金钱生活的人们发生了强烈反感，因此分外使我坚信自己当时的思想而去实行。在复旦的半年可说是不顾"手足"之赤寒而作辛苦（精神方面的）之战争。这样忍心的苦战只是因为认科学（狭义的）为最不朽的学问而作"向太阳"之"飞"。这也算是我根据理智而不肯苟且的努力，虽然在今思之，那时的认识事物是有很多的疏忽，但是我终是忠于理性并且与理性融而为一。并且，我现在还深信太阳是飞得到的。不过现在因有新增的认识因之志愿不能不受其影响。现在的志愿，与其直接飞向太阳，毋宁先向火星。

所谓新增的认识主要的，不消说，是社会的认识。在从前我只觉得认识社会的重要绝不亚于认识宇宙的重要，但是不曾有认识；现在敢说有了相当的认识了。生活不过是应付事物的一种运动，如果事物能够认识得清楚，应付的方法就算不得什么大问题。现在"太阳"和"火星"，在大体上我已认识清楚了，因此我的应付方法，在大体上也绝不至于错误。当我飞向"太阳"的时候，我觉得非借助于学校不可；当我飞向"火星"的时候，又觉得非脱离学校不可。飞向"火星"时之毫无踌躇地屏弃学校，至于拟向"太阳"时之忍痛苦争地走入学校，都无非为服从理智的判断，绝不为世俗偶缘所藉囿。我自信如此，问道希能信我否？

　　（知，情，意之类的名词都是唯心的哲学家所最喜道的，但是我们在说明个性的时候采用之自有充分的价值，虽然我们不是唯心哲学的信徒。）

　　我早已不只决心出洋，实行出洋了。但你赴柏林，我赴康士坦丁堡，所以出洋期中的进步，即使你我的天资相等，我绝不能和你相比拟，何况你的出发期又要早过于我。道希你老顺风！我祝你顺风！我想你也必定会祝我的顺风，可怜我恰不顺风！但是无妨，不顺风由它，出洋由我。鹞子要是畏风，还能飞渡大海搏击鱼雁吗？！

　　啊！且休大意！要达到不畏风的目的，毕竟要有御风的伎俩才胜。在目前这样暴风雨之下，究竟用怎样的伎俩去御驶呢？

我不主张立时回浙。因为：（1）有许多有用的书籍不能不委弃（你的，我的，姜君的，张君的都有）；（2）又要向大哥索旅费，我从前已郑重对他说明以后不再拿钱；（3）有一部分乡亲是不能重见；（4）在回来后未必有多大的工作可干（这一点比较不重要），不回乡有两条路，入伍和另找职业（自然他方面还要干些事）。在前周我本已决意入伍，但是现在这个主意不能不放弃，因为当局对于入伍生猜疑异常，前几天已彻底地缴了军械。所以现在的办法是再找职业。如果能够找到，最低限度要积聚一笔回沪的旅费；或者，工作能顺利时就向前赶去；或者，工作不甚顺利也就暂留此间看些书，看以后局面如何再立主意。目前我新的职业还未找到，仍在康矛中学当教职。近数日来我们是分专责教授固定的部分，不像从前互相通融。

文求　八·廿二

答三弟沙文汉

三弟：

自同文书院寄来的一封信已收到，雄大的胆量是可贵的，但是不要以这一点引为自满，应更求技术之精良，去贯彻和增进原有的胆量；更求知识之充实，使在行为上完全和一只猛兽有所区别，猛兽是很易落阱的——最怯弱的人还是要笑它。

这里最近有些事情使我不能不对你说那些话。请记着生平的悲愤、责任的严重和事情的艰难，切不要把我的话平淡看过。

四弟已累恶疾，这里，把年来的事情回想起来，真是惨凄得很！处此扰乱之世，除了有强大的自恃精神以外，还是要有一种自爱的挚诚。

兄　文求　五月廿一日

致五弟的信

五弟：

若是家况还不很凄楚，我尚望你去西张一探我的朋友正夫和四弟。你在这一次旅程中可以去体验人生的苦乐的意味，促起你的未来的努力的勇气。

你入得成劳动学院吗？到那面去是好的，必能使你的生活更加切实。

现你的努力从第一次起已经过几次的振作？这种勇气维持好久？现在是不是还有余勇？在我的意料中现在你的心里或许仍然有多余的勇气，恐怕在实行上已是消沉得很了。在暑期临头，学校放假的现在，天气又是炎热得很，我很想你的努力必然地要消沉一下。在这夏季中我告你两件紧要的事情：（一）不要留恋夏夜放弃夏季的早晨；（二）流汗读书作文可以却热。这"却热"二字并不是空话，我在杭州时实在得了这个经验。只要你静心试去，自然不会错的。

你要我送书，但是现在经济的来源非常缺乏，连买信封邮票的钱都很困难，要买书给你真是难得很吓！

济南事件及于上海的影响如何？中国只有像你和我被社会挤在幸福以外的人能够担负得起改造的责任。尽管社会是这样幽沉，家庭是这样悲惨，你可硬着心肠不去理会，镇定地努力向前，别要受其同化，尚武炼体，虽然得不到一剑，一场，一书，一教师，你要刻苦自振，在这中间去磨砺你的志气。虽然在智慧的训练上受不到社会的教育，你要以百倍的勇气去抗争这个不幸，在一切技术的刻苦练习中去激励你的精神的意志，在这个坚强的意志之下去增进各种的技能。

兄　求　六月九日

季步高

先烈简介：

　　季步高（1906~1928），浙江龙泉人。1922 年夏，入上海东南高等师范专科学校（同年 10 月更名为上海大学）。1925 年 9 月，加入中国共产党。1926 年后，担任中华全国总工会省港罢工委员会工人纠察队训育处副主任、训育长。1928 年 4 月，当选为中共广东省委候补委员，并继续在广州开展秘密斗争。1928 年冬，在广州牺牲。

季步高日记（节录）

中华民兮，富强何时？才智者出，斯有以济之。我国民兮，振兴实业，不可迟期；我国民兮，勉之！勉之！光阴易过，白发可期，吾人为学，爱惜此时。

熊亨瀚

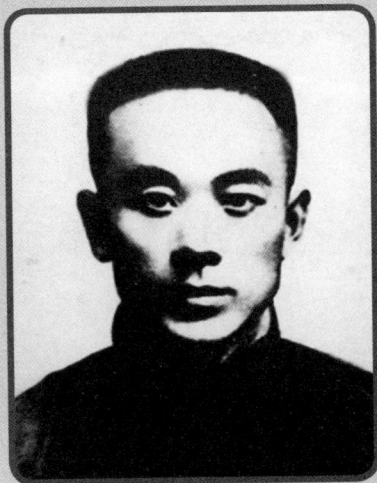

先烈简介：

　　熊亨瀚（1894~1928），湖南桃江人。曾任北京《真共和报》编辑、护国军第三路军总司令部秘书、湘江学校校长、长沙市教职员联合会主任等职。1926年，加入中国共产党，后被派到国民党湖南省党部从事统战工作，任省党部常委兼宣传部部长。1927年"马日事变"后，在湘、鄂、赣从事秘密工作。1928年11月7日，在武汉被捕。同年11月27日，解往长沙，次日被杀害。

（乙丑）示弟

读书岂是抬身价，学剑须当振国魂。

碧血已教天地老，敢抛鲜血洗乾坤。

注：这首勉励弟弟的诗写于 1925 年。

朱务义

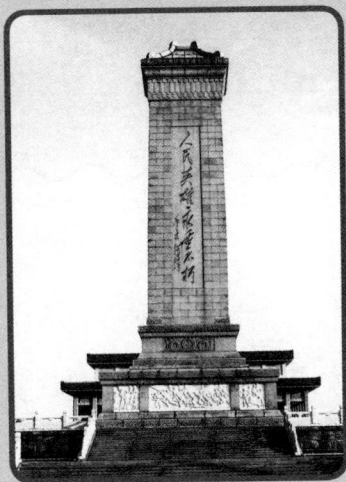

先烈简介：

　　朱务义(1909~1929)，湖南醴陵人。大革命时期，曾从事共青团工作。1927 年，参加秋收起义，跟随毛泽东上井冈山。1928 年，任工农革命军独立一师一团团部书记。1929 年赴汉口，后奉命去湖南岳阳，在湘鄂赣边区联络站工作，后不幸被捕。1929 年 6 月 10 日，被国民党杀害于长沙。

在意志确立了以后，尤应该不顾一切的艰辛，去达到你的意志的成功。这样才是社会上站得住脚的人，这样才是社会上有为的人

致朱本义、朱和义

本义、和义：

丰叔来此，得知你们的近况，甚慰！

我的牢狱生活，于今又惠临了。一想到我的运命，多么寂怜与悲惨啊！本、和，我的弟弟！我现在把我的生死问题丢开，我们来谈谈心吧。

和义，你是一个伶俐的童儿，你的前途到现在多么值得紧要啊！在这个时候，你要确立你的意志。在意志确立了以后，尤应该不顾一切的艰辛，去达到你的意志的成功。这样才是社会上站得住脚的人，这样才是社会上有为的人！你现在想读书或耕田，应该自己早些决断；在过去的家庭环境以及你自己的观念看来，你现在是应该升学的，但是家庭的环

境激变以后，你的观念随而激变了，这在你去年的一次与我谈话中可看出。你说你要做农人去，这不但我极表同情，而且很羡慕你的思想的进步！我觉得，我始终觉得在这荆刺满布的宇宙，求学是没用的，进一步讲，求学求到高深的时候，做个"博士"，做个"学者"，于社会有何益？无非再添社会一个咬人虎！现今的这班人——博士、学者，就是"好榜样"。在你这年轻的人，如果再去求学，更显然易套进他们的圈中。

还有，就是你的婚姻问题，你现在固然谈不到，也是我不应该提及的，但是，我为你痛心，我为你流泪。你处在腐败的恶劣社会状况底下，柔弱的心儿，很容易为他们所软化，他们硬要倾着他们的顽固观念来这么那么，一谈起真可恨！和义！为了你的未来和幸福，你应该拿住你的把握，去与他们抵抗！祖母和母亲固不成问题——她们是以你的意志为意志，成问题的却是族间与乡里的一班恶化的老者，你切记应该去抵抗啊！

本义！听说你已婚配了呢，真意料不到。我现在也只有祷祝你们的前途光大，祷祝你们的幸福惠临！你，你是意志较强的青年，你早拿住了你做农人的把握，想起你真是找到了你的幸福之路！可爱的春，鲜艳的春，世上只有你们——辛苦的农人们，享到了它的幸福！劳苦的农人们啊！世上层层的枷锁，锁不住你这独享的幸福的春！

本义！这不但是你已有的幸福，也许是你未来的生路，希望你以后努力向这条路上进，进，进！

我在梦想吧，我如果有再生的一日，我要组织我们共同的幸福家庭。那时候，我们过着清闲安逸的生活！我们同伴耕种，我们同伴看书，我们同伴乐歌，我们同伴……这种生活多么好过啊！我的弟弟，只怕我不能受享这种幸福了！

　　听说你俩时常互相争吵，这是多么的无意味。人家兄弟的争吵，是为着争钱、争产业。你们呢？不是，绝对不是。我相信你们绝对没有这些观念，作算是孩儿式的争吵罢了！不过，我很诚恳地盼望，盼望你们息争，丢弃那孩童的气概，来打破一切旧社会所遗留的余毒，从事建设我们理想中的新的幸福的社会！

　　祖母和母亲在家，你们应该诚意地去侍奉，这是别你们后时在盼望的一点。望妹、幼妹年龄很小，你们应该常时教养他们，送他们去读书。幼妹尤其是活泼伶俐的孩儿，她的前途你们尤不可轻视啊！

　　不谈了，有生的一日再来谈吧。顺祝你们幸福！

务义　于长沙陆军监狱署

四月二十九日

潘介棠

先烈简介：

　　潘介棠（1894~1929），湖南浏阳人。1924年3月，加入中国共产党。曾出任浏阳县教育局局长。1927年后，按照中共浏阳县委指示隐蔽转移，化名"剑凝"打入南京政府。1929年1月，在南京被捕。不久，被押解长沙，关进陆军监狱。面对敌人的威胁利诱、严刑拷打，坚贞不屈。1929年8月，被杀害于长沙浏阳门外识字岭。

与朋友的信

亲爱的青年朋友们：

三十余年苦闷的我，现在已找到归宿地了，而且是永远
的归宿地。你们得到我的噩耗以后，不必为我叹息，更不必
为我悲伤！人生是有趣味的，我已尝够了；人生是无趣味的，
我又何必再生。在这政治混乱、黑白颠倒的湘省中，许多青
年男女已做了含冤的断头鬼了，我不过是其中的一个。你们
当本着你们的热血，拯救全中国的无衣无食、垂死的贫民；
你们当本着你们的才能，使中国的政治快快走上轨道。在这
即将永别的当儿，我谨以十二分的诚意祝你们身体健康！

潘介棠剑凝笔

七月二十六日晚

唐 克

先烈简介：

　　唐克（1903~1930），湖南零陵人。1924 年，到广州黄埔军校第二期学习，之后任国民革命军第一军第三师第八团第二营第五连党代表、第八军第四师第十二团、第三十六军第二师第六团政治指导员等职。大革命失败后回到故乡，坚持地下斗争，遭敌人追捕，为此被调往驻南宁的广西省警备第五大队工作。1930 年 2 月，参加龙州起义，任红八军顾问。同年 3 月，在龙州战役中不幸受伤被俘，后惨遭杀害。

遗　墨

走光明之路。

昔者汉班超投笔从戎，志欲万里封侯。今吾辈则不然，抱努力革命之牺牲精神，而求中国国家之自由平等，解放全人类于倒悬也。

十六·七·五

注：这段遗墨是唐克写在照片上的题词。1927年夏，唐克由河南回到武汉，任革命政府总指挥部警卫团一个连的连长，这时，他寄往家中一张与战友的合影。这段话就题在照片的背面。

李传夔

先烈简介：

　　李传夔（1906~1930），江苏吴县人，中国共产党党员。毕业于上海邮电学校。1930 年，在南京电报局工作，为提高职工生活待遇，反对政治压迫举行集会，不幸被捕；同年 8 月，牺牲于雨花台。

致寅弟（一）

寅弟：

来信收到了，读悉你现在住在校中了，同学甚多。同读、同游，想来比在家中快乐多了。住在学校宿舍里过小规模的团体生活，公德最为重要，良好的习惯正可养成。如天天记日记，保持清洁，天天洗足。每天的光阴，分配于读书、游戏要平均，不可偏重。早眠早起来。我现在养成二样习惯，天天洗足，每饭漱口。你对于此种习惯不妨试试。最要者酒、烟、赌博等嗜好不可沾染。望来信详复。

《英语周刊》已订好，寄在家里。望暇时用心看看，与蕙姐互相研究可也。订单随函附上。吾弟现在练字否？倘有兴趣，不妨仍临《金刚经》或他帖亦可。兄因字劣受痛苦不少，幸以我为殷鉴。

　　侦探侠义小说，我从前亦极喜阅。但此等书最好向图书室借看，不必购买。工业图书室有《新青年》杂志否？（现已不出）如有可与蕙姐同阅，必有得益。时间不早，我要上班去了。

　　祝你

快乐！

用功！

兄　虁

十五年五月二十七日

致寅弟（二）

寅弟：

日本文典与我弟半身小照片早收到了。因为预备你读完
《爱的教育》后，再写信来，所以至今未复。但你的信久等不来，
家中亦无消息，不知近况怎样？真是挂念得很呢！

我弟照片拍得很自然，收到后我极高兴。曾给我的几个
好友看过，他们都以为很好。不过，从照片上就可以看出你
的身体似不甚强健，仍是一个文弱的苏州青年。我希望你以
后注意运动，锻炼身心，对于研究学问也大有帮助的。身体
需挺直，不要像我这样犯驼背的毛病才好。

你上回来信报告校中的近况，似乎还太简单，譬如你们的功课怎样？英文、国文教些什么，种种问题都没提起，我对于这种情形很愿知道，希望你下次来信能详详细细地报告一下。你最近的英文、国文的成绩，望你寄几份给我看看。

《爱的教育》读得怎样了？这是一本极好的书。我希望你与蕙姐都用心地读它，一定可以得到不少的益处呢！

你们校中想来总有不少的组织。例如学生会、体育会、图书馆等。我希望你对这种组织，不要怕丑，积极参加，以养成一种为群众服务的精神。

大哥病得怎样了？你在星期日有暇的时候可去看看他，因为他从前是很爱我们的呢！

你每月零用约需多少？倘若不够用，可以写信告我，我就可寄给你。自己亲兄弟千万不要存客气或怕羞的心理。其他譬如你受了什么冤屈或是感到什么痛苦，也尽可以告诉我。寅弟，请你时时不要忘记你的远在北京的玲哥呀！因为我知道母亲过世后，无论如何你总感到有些不安的啊！

你上回来信说，第一次没有考取。曾用"名落深山"这一个典故，那是错误的，应该是"名落孙山"。我现在把那故事的出处抄在下面："孙山应举，缀名榜末，朋友以书问孙山得失，答曰：解名尽处是孙山，余人更在孙山外。"后人因此谓应试不第为"名落孙山"。我以前读书，也很不注意，所以常有用错典故与写白字的毛病，并且字迹太拙劣，现在做事时，十分吃亏。所以你最好以后留心点，不要犯这种毛病。

屈均晦久无信来，我很想念他，请你到西美巷自造寺问他是否仍住寺中，或知否他住何处。葭哥处也可以问问，曾否看见他？

　　祝你

健康！

快乐！

用功！

你亲爱的哥哥　契虞

二·十二

罗学瓒

先烈简介：

　　罗学瓒（1893~1930），湖南湘潭人。1912年，考入湖南省立第四师范学校，后该校并入湖南省立第一师范学校。1918年4月，加入新民学会，并成为骨干。1921年底，加入中国共产党。1922年，到长沙从事工人运动。1925年，任中共湖南省醴陵县委书记。1927年9月，任中共湖南省委委员兼湘潭工委书记。1928年5月，被调到上海工作，后被派往山东做党的工作。1929年，被派往杭州，先后任中共浙江省委宣传部部长、省委书记，不久被敌人逮捕，在狱中坚强不屈。1930年8月27日凌晨，被秘密杀害。

自　勉

不患不能柔，惟患不能刚；
惟刚斯不惧，惟刚斯有为。
将肩挑日月，天地等尘埃。
何言乎富贵，赤胆为将来。

　　注：这是罗学瓒在湖南第一师范学校读书时，写下的《自勉》诗，
题记为"书此为异日遇艰难时之反省也"。

林育南

先烈简介：

　　林育南（1898~1931），湖北黄冈人。中国共产党早期领导人和中国工人、青年运动的先驱之一。1921年7月，与恽代英等成立共产主义性质的革命团体共存社。1922年，加入中国共产党。1923年，组织领导"二七大罢工"。1925年5月，被任命为中国共产主义青年团中央执行委员会总书记。1927年5月，在中共五大上当选为候补中央委员。1931年1月17日，被国民党当局逮捕，同年2月7日，在上海龙华遭杀害。

青年的革命修养问题

我偶读我们的朋友刘敦君的遗书，很感触到我们的修养问题。以前冬烘学究们所讲的"循规蹈矩"的修养，到现在在我们看来自然是无一顾之价值；然而现在有不少的有志的青年，他们在革命的理论上既不甚明了，而在行动上则尤有许多的欠缺。我因此感到"革命的修养"之必要，故就我个人的意见，发表这篇短文，希望引起青年的朋友们热烈的讨论！

革命者的精神就是"认清楚路径，猛勇前进"而已。但这是一个简单的原则，在实际的行动上，必然要有许多的条件。所谓认清楚路径者，必是要头脑清爽，明了现代社会国家的政治经济状况，一般民众的生活情形与需要，国乱民困的病根之所在，于是我们才能认清楚了革命的必要而可能的路径。所谓猛勇前进者，必是要把革命认为自己终身唯一的事业，把民众感受的困苦，当作自己切身所感受的困苦；把民众的需要，当作自己切身的需要；于是我们才得牺牲个人，不顾一切地去奋斗，虽经过许多的打击、失败、内忧外患、流离困苦，然而毫不灰心失望，真要是"一息尚存，此志不懈"！

这是大概就革命者必要的条件而言，但是我们要这些条件的完备和革命的成功，在革命精神的修养上，必要痛加深刻的工夫。兹略述于下：

（一）革命感情的修养。我以为革命感情的修养是第一步功夫。以往一切革命事业的成功，都很依赖革命指导者及革命群众的热烈感情的伟大动力。对于旧社会的制度、文化及统治阶级的仇恨和深恶痛绝；因民众疾苦而激起之怨愤不平；对于新社会制度渴慕向往之迫切——把这种种的感情汇合而成极浓厚极热烈的革命感情。革命感情的表现就是反抗，最可宝贵的就是这种反抗的精神。

怎样使革命的感情浓厚，反抗的精神强烈？我以为第一切要的就是"生活之民众化"！革命是被压迫的民众之反叛。我们的生活不与民众接触、不明了民众生活之实际情形，不能感受民众所感受的痛苦，不知道民众所受的压迫，如何能发生愤怨不平的感情？不深入社会，观察旧社会之黑暗腐败，旧经济制度之剥削劳工，政治之压迫平民，礼教之杀人和统治阶级之种种罪恶，如何会对旧社会制度文化及统治阶级发生仇恨和深恶痛绝的感情？如此，如何发出民众的呼喊，表现反抗的精神？其次就是从理论的研究上，从历史的事实上，对于未来的新社会发生渴慕向往之深厚情感，因追求之热烈，遂不顾一切以付之。此外，研究革命的历史，多读革命家的传记，都是以使人发生或加强革命的情绪。

　　冷酷缺乏同情的人不会能革命，哪一个革命家不是有热烈的革命感情？现在一般养尊处优的青年，每日在讲堂上或自修室的乐椅上研究资产阶级的甚至封建社会的装饰品——他们的所谓"学术"，再或和他们的爱人一天到晚颠倒于密语情书之中，或做出些花儿月儿的肉麻新诗在报上发表。这般青年他们忘记了社会，哪有民众的同情？没有革命的需要和觉悟，哪有反抗的精神？这些没有革命感情的人他们自然是谈不上革命，我们又如何能以革命期责他们呢？

　　我们亦要注意，所谓富于感情或富于反抗精神的青年，他们不定是一个个都能革命。他们的感情或出于一时的戟刺的冲动，而不久戟刺忘掉，他们的感情就变异或消灭。或一时出于个人的利害关系而表示其反抗，若个人利害有变迁，则反抗的精神随之以灭。这都不是真正的革命感情和反抗精神。革命的感情是发生于社会的同情，是贯注在被压迫的民众身上，是永恒不灭的。

（二）革命知识的修养。空有革命的感情而无革命的知识，其结果不是不能干革命的实际运动，就是虽能干而"劳而无功"。有许多不乏革命精神的人，他们徒有愿望，而寻不着路走，或不明白革命应取的路径，而根本错误。他们的行动不但不能对革命有所贡献和帮助，甚或反为反革命者所利用，做出许多的革命的障碍，这都是革命的知识修养缺乏的缘故。

革命的知识是什么？我以为，唯一的知识就是"了解社会"。革命是以社会为对象的，不了解社会而革命，犹如不知解剖学、生理学而去当医生，这是如何的危险而且不可能？怎样了解社会呢？第一是历史的考究，现在的社会不是天造地设、凭空而来的，它是几万千年的历史绵延继续演进而来的；从生物的发生演进到有人类，从人类的发生而演进到人类有史时期，从人类历史的开始，演进到现代——这当中经过无数的变迁而且这变迁还有一定的法则。我们要了解现代一切政治经济文化的起源和趋势，不可不考究历史。历史不但说明过去的情形，使我们知这现代政治经济文化的来源，而且它还给我们一个进化的法则，使我们知道现在社会变迁的趋势如何，俾我们的进行适合于自然的轨道。

再就是社会现实状况的观察：我们要到社会中间去，观察人民的生活状况，社会各阶级的分析和相互的关系，农工商业的组织和发展，中外贸易和资本的数量。我们要知道：

农民种类的分别，收获、消费和租税的比较，佃农雇工的待遇，官吏绅士对于农民的情状、农村的文化状况，以及农民的痛苦和需要等等。我们要知道劳动者的生活状况：工作的种类如何，各地各业工人人数有多少，工资的高低数量是多少，工作时间长短是多少，厂主和工头的待遇如何，青年工人和成年工人，女工和男工的差别如何，工人的家庭状况如何，卫生、教育和娱乐的设备如何，工人的组织和活动的状况如何，以及工人的痛苦和需要等等。再则国内工商业之状况，关税厘金之组织及管理，中外工商业及资本之比较，银行和金融状况之分析及统计，交通机关之设备及管理等经济状况，都是我们应该知道的。

还有关于政治状况的分析，尤为重要。中国的政治究竟成个如何的局面？军阀是如何成功的，经过如何的变迁和派系的离合，现在割据的状况，相互的关系及他们的势力如何，都是应该知道的。帝国主义的列强如何来到中国用武力的、政治的、经济的手段来侵略中国，如何输入外资及商品，并盘踞海关，协关税来打倒中国旧有的工商业，使中国手工业破败，新产业不能发展，以致工人失业，流为盗匪。他们如何扶植中国的军阀，接济军阀的军械和借款，一面夺取中国的财富和权力，而使中国内乱延长，战祸不息，农民失业，兵匪遍地。我们还要知道，一切有政治性质之党派，他们的分子、内容、实力和相互的关系如何。此外，我们更要看清楚中国的祸根乱源，各阶级各党派的实力、需要和他们对于革命的态度。汇合以上种种知识，构造一个中国革命的政策，这才是革命实际的、切要的知识。这种知识是要从实际的社会状况中的考察得来。

最后，我们要修养革命的知识，我不得不郑重地说，我们要有坚定的主义的信仰。我所说的主义的信仰，是从历史和社会实际状况的研究观察而得到的结果；不是说凭空的、直觉的或个人感情的主义信仰。我们的革命知识是由历史和社会经济政治等实际状况中得来的，我们的主义就是这些知识的结晶，我们信仰他，终身奉之而行。没有主义信仰的人们的知识是零碎的，是散漫的，不能结晶而成为实际行动的规范。我们要求得知识，要有主义的信仰，应该读书，自然是不待言的，然而应该多读历史者，多读关于政治经济和社会问题以及关于研究主义的书，简单言之就是属于社会科学的书。但我们应该知道：革命的知识不仅是从书本上可以得到的，革命是以现实社会为对象，我们处处时时都不要忘记了现实社会。我们的知识从日常生活、社会观察、做事读书、与人谈话讨论以及实际活动等等处得来。

（三）革命干才的修养。革命是历史的、繁重的、艰困的伟大事业，没有干才，如何能担当这种事业？所以干才的修养是革命者必要的工作，尤其在我们青年时代，要积极地、努力地预备。

干才如何修养呢？我想：干才的修养就是要肯去"干"！我们所需要的干才是要能应付事，能应付人，能通过艰困的局势，能解决繁难的问题。我们要有这种才干，决不是在书本上可以求得，也决不是讲堂或研究室中可以求得的。我们要求得这种才干，只有从做事上去学做事，从对人上去学对人，从做事对人中求得经验，从得失成败中求得教训！这些经验、教训，就是成功我们的干才的元素。我们不要怕做艰难繁重的事务，因为革命就是一个最艰难繁重的工作，而且只有在艰难繁重的工作中，才能磨炼出革命的干才；我们不要怕失败，因为失败是我们活动中所不能免的，我们能从失败中得着教训，使我们以后能免掉失败，而得到成功；我们不要怕应接各种各色品类复杂的人，因为我们要从应接品质复杂的人们中，看出各种人们的习性，看出群众的心理，从此可以观察人的好坏，学习应付人的方法。我们从书本上和听讲上得着的知识要在做事上应用、证实，才能把空的知识变成切实有用的知识，这种知识才是有干才的革命家、事业家的工具，而不是学者书生们点缀门面的装饰品。

我们从日常生活、处世接物、说话作文中都可训练干才。譬如说话就是必要用力训练的干才之一，不会说话就不会宣传、不会煽动，革命的主义和主张不能用他演讲或谈话的力量宣示于群众，使群众同情或信仰，这是革命者最大的缺陷。不会作文亦是有同样的缺点。革命运动的发展，常靠报纸、传单、小册子等等，随时传播于各地，革命者失掉了这个工具，是最可惜的。所以我们对于干才的练习第一步就要学习会说话，话要清楚爽利，使人容易了解，又要能当广众之中，雄辩惊人，使听者感动。这些才能都要在日常说话讲演中注意练习。作文亦要多用功夫训练，进步和成功是从不断的努力磨炼中得来。

此外，最要的才具是能通过艰困的局势，和应付复杂的人物。革命工作的繁难，真非吾人预想所能及。社会政治经济的关系，最是繁难，革命者所处的地位最是艰难困苦，人世极多诡变，革命者常处于这种繁难局势之下，不但是求其应付敷衍可以了事，为得革命工作的进行和发展，我们必要有能力安然地通过这种局势。倘若无此能力，则革命或因此而全都覆没，或遭遇一个大的损害，需要长时间和多力量的恢复，而增加革命的艰困。这种能力没有具体的、固定的方法可以求得，尤其非读书研究理论所可得到的，这完全要从各种的实际活动上、经验上得来。我们从这些经验上学得聪明与敏捷，学得精透的观察力，能够观察事理，测度因果，权衡在胸，临机应变。应付人亦是困难而必要的才具，革命的大事往往因误信人或误用人而大遭失败，所以鉴别他人品才的识力非常重要。革命的工作，不是一个人所能担当的，势必要接纳全社会中有志有能力的人，结成坚固而广大的团体，相与协力共进。因此，我们要会观察人的品性才能，要会接纳有才能的人，所谓"知人善任"，实在是成功必要的条件。还有，我们是要深入社会，在群众中活动，所谓"人上一百，种种色色"，这种种色色的人类，我们也必要能够应付他们。我们的行动，是要靠群众的力量，绝不能因群众的品类庞杂，而轻视他们，或离弃他们。我们要在这品类庞杂的人们中考察他们的生活状况和心理，学习应付他们和指导他们的方法，要能在群众中活动，要能指导群众，这才是现代革命者的干才。

我们所需要的干才是我们革命的工具。有许多人的所谓干才，他们是为统治阶级（帝国主义、军阀和资本家）做走狗及为私人利益的工具，这是我们必要明白之点。

（四）革命品性的修养。革命者要求革命的完成，品性的修养是不可忽视的。我们没有坚韧不拔的意志，是不能耐革命经过的艰难的；我们没有刻苦耐劳的习惯，是不能过革命中流离穷困的生活的。要有刚健奋斗的精神，勇敢冒险的胆量，才能轻生死，冒危难，不顾一切地前进；要有精密耐烦的惯习，镇静容从的度量，才能在繁难的工作中鞠躬尽瘁，惨淡经营，不辞劳苦，在危险恐怖的形势中，布置调度，支持大局，不致慌乱。这要大公无私，方能得群众之信仰；态度和平，才不致起同事之反感。这种种条件中，有的自然是被人重视，然有的亦被人忽略。我们想做到这样完全，当然是很难的，但是我们不可不注意这种修养，尤其是在革命团体中负重要责任的人，或是被大家认为领袖的人，应当特别地注意。

要修养这种种的品性，自然不是离开革命的实际工作所能成功的。革命所需要的品性，是要完全在革命的工作上磨炼。有人说要先将品性修养完成再从事革命，这是根本的错误。不但革命的品性修养是如此，就是革命的感情、知识和干才的修养都是如此。

革命品性的修养，还有一个最重要条件，就是"服从"。革命者是要最富于反抗性的，如何还要他服从呢？革命是社会的产儿，现代的社会组织，产生了现代的群众革命。群众革命是要靠群众结团的势力，不是像从前革命，少数英雄利用无知的人民做他们的武器所可成功的。因为要靠群众团结的势力来革命，必要势力的统一集中，必要大家的步骤一致。因此，在革命团体中，在群众运动中，绝对不可任个人的自由行动。因为个人的行动，是破坏革命势力的统一和集中，破坏革命步骤的一致，如此，使革命的战线松散，不但不能打败敌人，且使敌人趁机反攻，这是革命者的自杀。所以要免除个人的自由行动，就要人人能服从。所谓"服从"不是奴隶性的、盲目的服从，乃是服从多数的决定，服从团体的纪律，服从真正的领袖根据团体的意志的指挥。这种服从是革命成功的要件，是每个革命者必要的修养、重要的信条。我敢说：不能反抗，固然不算一个革命者；不能服从，也不能成为一个革命者。

还有，我们知道革命的使命，是繁难攸远的工作，在我们不堪忍受现社会的痛苦与罪恶，自然是希求革命的速成。然而旧社会的覆没，革命的兴起与完成，不是我们热情的希求和意志的能力所能成功的，是要客观的、事实的条件之"可能"。所谓客观条件之可能者，是要群众有革命的觉悟和结团的力量能胜过敌人的势力，要革命团体的实力充足能指挥革命的群众。在客观的可能的条件尚未成功的时候，我们自然要努力促进此种条件之完成，然而此种条件之完成，是要经过相当的、必要的时间的努力，在此必要的努力时间，我们不可急躁，我们必要安心的忍耐。求急功近利是不会成功的，躐等躁进，往往是遭失败的，太热衷于眼前功利的人是每每至于失望灰心的。我们在革命的时机尚未来到时，要不断地努力于下层的工夫，组织群众，训练群众，革命团体的战斗练习，革命主义的宣传教育，都是极重要的工作，我们要埋头地、安心地去做。我们不要因为一时无功效而放弃此种基本的重要工作，我们不要因为眼前的失败，而对于前途失望灰心。艰难困苦的工作是我们必要做的；失败打击之来，是我们所必不能免的；然而这种工作在日后是必然有效果的，不断地努力奋斗，最后的胜利和成功，是必然能够得到的。这就是要一面要有奋斗的修养，一面要有忍耐的修养。我敢说：不能奋斗的人不能革命，然而不能忍耐的人亦是不能革命的。

关于我们革命的修养问题，这篇文字我写得很简略，自然不免有遗漏和错误的地方，我很盼读者加以批评，或更有高见发表，尤所欢迎。我以为这是一个重要的问题，因为中国革命的责任是在我们身上，伟大的革命工作就在我们面前！

李求实

先烈简介：

　　李求实（1903~1931），原名李国玮，笔名李伟森，湖北武昌人。1919 年"五四"运动时，积极参加武汉学生大示威游行。1921 年 7 月，参与创办共存社。1922 年，加入中国共产党。1924 年，赴苏联莫斯科东方共产主义劳动大学学习。1927 年 8 月，任中国共青团中央委员会委员、宣传部部长。1930 年 3 月，参加中国左翼作家联盟工作。1931 年 2 月 7 日，在上海牺牲。

告研究文学的青年

文学在现在，可谓已得一普遍的发展了。组织团体，发行刊物以研究文学的，平均每月必有两三处。在文学运动本身方面看来，虽然仍感觉寂寞，但一与其他各种运动比较，实在热闹非常，可称极一时之盛了。

文学是什么，一般研究文学的，自然比旁人要懂得清楚些。并且，除了少数遨游于高山流水之间，或躺在沙发上，闭着眼睛讴歌爱和美的以外，以文学为助进社会问题解决的工具的，实在很多——这从他们的言论和作品上，可以看得出来。前者不必说了，对于后者——有意于解决社会问题的人，我很抱歉地说，实在他们只是"有意"罢了！他们除了在研究室里书丛中埋头工作以外，休息的时间，仍不免是访胜，探幽，赏花，玩月！文学表现人生的；像中国现在这种说不出的痛苦，难堪的人生，我们很少看见从文学中表现出来。我曾经在一个煤矿附近做过工，时常有机会到煤窿里面去。那几十里黑暗的隧道中，有六七千牛马不如的苦工人在做每日十二时的工，做了一二十多年了。我对一个朋友说："这种苦况可惜没有文学家在这里，把他描写出来。"那位朋友的答话是："这还不是现在的事，现在还没有进煤窿的文学家呵！"我觉得他这句话是真实，也是文学家的耻辱！

目前我觉得有两个问题：

文学运动与实际运动（注）哪一种急要？

现在这种文学运动，对于社会问题的解决会有效力么？

俄国的革命，固然很得力于屠格涅夫、托尔斯泰、杜斯退伊夫斯基等文学家，但终应归功于列宁等实行家。印度有了一个甘地，胜过了一百个文学家的太（泰）戈尔！这第一个问题可以不必多谈。

且退一步说，真正的文学家，如屠格涅夫等，于社会改造事业实有重大的助力。我们现在研究文学的人，且自己平心静气想一想：我已经是屠格涅夫或其他文学家一样了么？我预备——我已着手去学成一个屠格涅夫或其他文学家么？我的研究文学不是有意地或无意地学时髦么？我的研究文学不是有意地或无意地避尘嚣、务清高，志在高山流水么？我的研究文学不是有些欺骗自己么？想了的结果，至少有多数人会感觉自己的虚伪，感觉自己这文学不会有益于社会问题的解决！

中国到了现在，情形可谓一天坏一天，青年到了现在，壮气也可谓一天冷一天！中国问题的解决，必有待于中国的青年，而中国的青年却这样死沉下去，中国还有一点希望么？

从事于文学研究的，我承认，都是能活动，有希望，而且是知道自己的责任，一部分且是有意尽此责任的青年。我现在对于这些青年，特尽下面的忠告：

你真有意做文学家么？朋友，那你就不应仅知道怎样才算一个文学家，应该去实行你所知道的。你应该像托尔斯泰一样，到民间去，应该学佛一样，身入地狱，应该到一切人到了的地方去，应该吃一切人吃了的苦，应该受一切人受了的辱！文学不是清高的事业，不是"雅人韵事"，"雅人"是平民的仇敌，"雅人"是其文学家的仇敌，真"俗人"才是真文学家！

你真热心于社会问题解决的事业么？朋友，快快抛去你锦绣之笔，离开你诗人之宫，诚心去寻实际运动的路径，脚踏实地一步一步走下去！

中国有福了，倘使青年都这样！

注：实际运动是一句太普讯了的话，以后《中国青年》在这方面当有很多介绍。

邓恩铭

先烈简介：

    邓恩铭（1901~1931），水族，贵州荔波人。1918 年，考入济南省立第一中学，开始阅读马克思主义书刊，立下救民于水火的伟大志愿。1920 年 11 月，与王尽美共同组织励新学会。1921 年，赴上海出席中国共产党第一次全国代表大会。后曾主持中共青岛支部工作。1927 年 4 月，出席中共第五次全国代表大会，回山东后，任中共山东省执行委员会书记。1931 年 4 月 5 日，就义于济南纬八路刑场。

前　途

赤日炎炎辞荔城，前途茫茫事无分。

男儿立下钢铁志，国计民生焕然新。

注：此诗约写于1917年，此时的作者虽然对人生前途茫然无绪，但年少的他，已立下了改天换地、造福民众的大志。

恽代英

先烈简介：

恽代英（1895~1931），原籍江苏武进，出生于湖北武昌。中国无产阶级革命家，中国共产党早期青年运动领导人之一。1920 年，创办利群书社，后又创办共存社，传播新思想、新文化和马克思主义。1921 年，加入中国共产党。1923 年 8 月，被选为中国社会主义青年团中央执委会候补委员、宣传部主任，创办和主编《中国青年》。1927 年 5 月，在中共五大上当选中央委员；大革命失败后，参与领导南昌起义、广州起义。1928 年，任中共中央宣传部秘书长、组织部秘书长。1930 年 5 月，在上海被捕。1931 年 4 月 29 日，被杀害于南京。

《和含学会会刊》创刊序言

和含学会，是和县同含山同志的青年，为乡土运动而团结起来的。凡同乡同学的团体，都是无意的结合，每不能靠他真的为社会怎样效力。所以同乡会、同学会，除了联络感情，营谋私利以外，是没有用处的。但是和含学会却不当是这样。为什么呢？因为别的同乡会、同学会虽则嘴里说什么改良地方，然而他所以结合，全是由于私心感情。所以改良地方，只成了他们装门面的口头禅。和含学会却全不是这样。他所以结合，全是由于为讲学做事。所以这样联络同乡，只是为他们讲学做事的一种切实便利的方法。所以和含学会是有希望的，是为社会正当的结合；在结合之后，是可保证他不至流为普通同乡会、同学会的丑态的。

在结合了之后，用什么法子可以对社会多生些功效呢？

我可以说，少做场面上的事，多做骨子里的事；少做扎空架子的事，多做切实的事；少做与人捣蛋的事，多做改进自己、改进团体的事。这样和含学会，可成为中国乡土运动一个模范团体。

学会的个人修养圆满了，团体实力充实了，三五年后，自然可以改造乡土。人只怕不想好，人只怕团结不起来，团结起来只怕中途变坏了；不然我们年纪一天天长大，学问一天天进步，声望地位一天天继长增高，为什么愁不能改造乡土？乃至改造中国呢？

和含学会的同志努力了！

做人的第一步

——比研究正确的人生观还重要些的一个问题

有许多天性纯厚的青年，有许多好学如渴的青年，他们都说他们希望做一个"人"。他们是真诚地这样希望，没有一毫虚伪欺饰。

我们希望做一个人，我们应当研究"做人的第一步是什么"？

有的人说，要希望做人，须先养成一种正确的人生观。这话是对的么？我可以说，这话不对。请问你：因为你今天自信没有正确的人生观，真的遂不相信人应当做好人了么？真的遂不相信人应当做一个有益于社会的人了么？但十个人有九个都十分相信人应当这样，没有一点怀疑。然则你与有正确人生观的人，有什么分别？

你说你虽然知道人应当怎样，但是你不明白人为什么应当怎样。所以你相信你便是因为这样，终究未能成为好人。所以你相信你便是因为这样，要最先养成一种正确的人生观才好。然而你错了。你以为人明白了为什么应当做好人，他便会勇猛地去做好人么？谁不明白卷烟中间含有害人的尼古丁，所以不应当吸；但他能因此便不吸卷烟了么？更有谁不明白鸦片是杀人的东西，所以不应当吸；但他能因此便不吸鸦片了么？我们有几多明知应做而不肯做的事情？倘若你有了正确的人生观，你明知人应当怎样，你便能怎样做么？我敢说：你如不早些养成一种实践的习惯，则正确的人生观，对于你只好帮助一点谈话、作文的材料，决不能帮助你做一个人。

有的人说，要希望做人，我们只有从今天起不做坏事。这话自然是不错的。但是你相信你便能够不做坏事了么？你一定知道许多终身不杀人、不放火的人，他做的坏事，比杀人放火还厉害十倍。放弃职守的官吏议员、无形中给人恶影响的父兄师友，他们做的坏事，都是无形的，或者自己亦不觉得的。你自信你绝对没有做他们那样的坏事么？一般的人，为父母妻子的生活、为衣食居处的体面，不得已要去争夺饭碗、抢劫权利，不得已要去从事奔竞、贪恋权位。他们做的坏事，都是无法的，或者自己亦不愿意的。你自信你绝对不至于做他们那样的坏事么？

我们责备人家，诮骂人家，常常是很刻薄周到的。我们能用那一样刻薄周到的办法对待自己，我们就可以看出我们做了的坏事，或将来免不了要做的坏事，还多得很。我们要做人，决不能因为我们不觉得地做了坏事，或者没有法子地做了坏事，便原谅自己。我们要做人，定要有个把握，连这些坏事都不去做才好。

所以我敢说，做人的第一步，不是去研究那玄远的什么正确人生观，以养成高谈阔论的习惯。我们要研究今天怎样教自己做事，然后真的且永久地能不做坏人。

青年要读书，不读书，你将来没有什么可以供献社会，那便你纵然想帮助社会，亦没有什么可以拿去帮助。但是真有志的青年！你不要把读书太看重了。你要有把握你能与恶社会奋斗，你要有把握你能克服恶社会；然后你读的书，可以帮助你为人类效力。倘若你不能奋斗，或你不能克服恶社会，那便你纵然读了书，你读的书，恰只够你拿去帮一般恶魔害人，以自己混一碗饭吃。所以真有志的青年！你固然要读书，你读的书，最要能帮你奋斗，最要能帮你克服恶社会才好。所以你最要能懂得社会，最要能懂得如何是改造社会最好的方法。你能克服而改造恶社会，你才不至于会受他们的引诱或逼迫，你才能达到你做人的目的。

自然我们同时不能不注意我们个人生活必需的各种知识与技能。自然亦有时候，因为我们在现在制度之下，有些知识与技能，虽然我们自己明知是不急要的，然而不容我们不学习他。我们应当用几多力量学哪一种学科？我们应当比较多注意于哪一种书籍？我们应当按照我们做人的目的，怎样去选择、去学习、去应用他？这都是我们必须讨论的问题。这些问题的切实而重要，比研究人生观还要紧十倍。

除了读书以外，我们还要在做事中，应用我们在书本中所学习的知识。我们还要在做事中，寻求我们在书本中所未曾学习的知识。我们知道一点，便要勉强去做。做了以后，一定会发生困难。在困难中间，我们应研究这是证明我知道的道理不正确呢？还是这原来是免不了的困难呢？我们应研究我们要怎样改变我们的行为？或者我们要怎样避免或克服这样的困难？这都是我们必须讨论的问题。这些问题的切实而重要，比研究人生观还要紧十倍。

我们不要只知望远不知望近。我们不要只知力学、不知力行。我们真要做人，我们应当注意做人的第一步。

杨贤江

先烈简介：

　　杨贤江（1895~1931），浙江余姚人，马克思主义教育理论家、青年运动领导人。1919 年，任少年中国学会南京分会书记。1921 年，担任商务印书馆《学生杂志》主编。1922 年，加入中国共产党，是党在大革命运动中的主要领导人之一。1929 年，秘密回国，继续从事革命斗争。1931 年 8 月 9 日，积劳成疾，因病去世。

给文方的信

文方先生：

　　无论古书、今书、西书、中书，要想把它们读完，终究
是不可能的，所以读书贵有选择。就个性所好的、职业所需
的来作选书的标准，固然是常理；但最要紧的，还在看这个
时代、这个环境究竟需要哪种人来活动，然后为尽做人的道
理计，去选择哪种有关的学问来学习。就中国的现状而论，
中国此时所需要的人是能改造政治和社会的人，所以中国青
年所该注意学习的是一种社会科学以及"现代研究"。必然
要这样，才显出读书是和人生有关，才免去读书是"玩物丧
志"。至于研究什么"国学"，却不是中国青年的责任。自然
有了闲暇，未尝不可拿四书五经以及什么史、什么集来看看，
但这只为了懂些中国的"故事"，决计说不到研究。所以你
如果还没有确定研究的方针，我就要劝你多看关于社会问题、

社会思想以及近代的中国史、西洋史、评论、时事及研究学理的杂志如《新青年》季刊、《前锋》月刊、《向导》周刊、《中国青年》周刊、《新建设》月刊等等。除此以外，更望能做实际有益社会的事情，免做一个"自私"和"空谈"的人。

贤江

1924 年 3 月

给某先生的信（节录）

S.C.H 先生：

…………

现代有志的青年大概富于求知热，但因没有金钱，往往不能如愿读书，这是最苦痛的一件事。我为你们计，最好能办得到请学校多买些书报。如果"此路不通"，可以纠合同志，公买书报，每种只买一份，大家轮流阅读，或由读者向大家报告，更是读书经济的一法。

你最后说的"平平安安向光明之路上跑"一句话，我以为是办不到的。目前中国的事，无论国家政治，无论社会习俗，无论读书或择业，都要靠我们青年去用力改造才有希望。这种革命的事业，岂是可以平平安安做得到的？我们如果希望向光明之路上跑，还得先做一番斩荆棘、拨云雾的苦工罢！

贤江

1924 年 3 月

给悲生的信（节录）

悲生先生：

············

　　我不相信一个能思想能动作的青年，单单为了口吃会没有生存余地的。请你过细想想，难道人类许许多多的职业中，竟没有你能做的吗？你不要以为做教授、做学者、做演说家、做外交官才算是可干的事，而把别种日常生活上所必需的农工商各项事业视为不足有为啊！做手工业、做清道夫，也不会降低我们的身份！

贤江

1924 年 7 月

蔡和森

先烈简介：

　　蔡和森（1895~1931），湖南双峰人，中国共产党早期重要领导人，杰出的共产主义战士，无产阶级革命家、理论家和宣传家。1913年进入湖南省立第一师范读书，后结识毛泽东并成为挚友。1918年，与毛泽东等人成立新民学会。1919年底，赴法勤工俭学。1921年12月，回国不久的蔡和森加入中国共产党，是党的二届至六届的中央委员，五届、六届的中央政治局委员、常委，是党的早期历史的参与者和创造者。1931年，因叛徒出卖被捕，同年8月在广州英勇就义。

少年行

——北上过洞庭有感

大陆龙蛇起，乾坤一少年。

乡国骚扰尽，风雨送征船。

世乱吾自治，为学志转坚。

从师万里外，访友人文渊。

匡复有吾在，与人撑巨坚。

忠诚印寸心，浩然充两间。

虽无鲁阳戈，庶几挽狂澜。

凭舟衡国变，意志鼓黎元。

潭州蔚人望，洞庭证源泉。

李硕勋

先烈简介：

　　李硕勋（1903~1931），原名开灼，字叔薰，四川庆符人。1924年，加入中国共产党。1931年，任中共广东省军委书记。同年夏，受党的委派，前往海南指导武装斗争。抵达海口后，因叛徒出卖而不幸被捕。1931年9月，在海口市东校场英勇就义。

"五卅"后一年来之
中国学生运动（节选）

　　一种运动的产生，并不是无缘无故的，必然是由她客观环境之形成和主观要求之促起。中国的本身地位是半殖民地，她的政治、经济、交通、实业在在都为帝国主义所支配。她的客观环境就是受帝国主义和军阀的压迫与蹂躏；她主观的要求就是从帝国主义和军阀铁腕之下解放出来，中国民族运动遂由此产生。中国的学生因愤内政之不良，外交之失败，家庭经济之破产，求学之不安定，求职业之恐慌，以至学生运动一开始就是以反抗帝国主义、反抗军阀为对象，就是革命的和政治的。中国学生运动的历史自"五四"而开始，而"五四"运动的目标恰好就是对卖国军阀政府及帝国主义做反抗，不过不像"五卅"那样的鲜明扩大罢了。

从去年"五卅"到今年"五卅"，这一年中是帝国主义多方猛烈向我们进攻的时期，同时也就是民众革命潮流特别高涨的时期。凡压力愈大反抗力亦必愈大，这是物理学的必然律呵！

我中国学生在民族革命运动中，无不立在冲锋陷阵、苦战奋斗的地位。当此目前民众势力与帝国主义及反动势力严阵对抗、血肉搏斗的一年，更是突飞猛进，努力奋发，获得了不少的教训和经验，值得为我们全国同学报告，值得为我们全国民众报告，以作我们革命途程中的一种参考。

…………

……"五卅"以后这一年全国同学是何等的勇敢奋斗，虽然他们不断地流血牺牲，不断饱尝铁窗风味，不断地受人侮辱诬蔑，然而他们的战斗能力、组织能力都有超前的长足进步，中国的革命运动差不多都是他们所领导，他们事实上已成为中国革命之急先锋。

中国学生的力量扩大一分，帝国主义及一切反动势力仇视他们的心理也增加一分。中国学生最后的企图打倒帝国主义及其附属物，帝国主义目前的中心工作又是破坏学生的团结。所以今后学生运动应多方揭破帝国主义的奸计，严防学生的分裂，造成学生以及一切革命民众的广大联合战线一致向帝国主义进攻，不然中国学生不能打出帝国主义掌握，便不能实现学生运动的目的，便不能完成中国学生所负的光荣的使命。

冷少农

先烈简介：

　　冷少农（1900~1932），贵州瓮安人。1917 年，入贵州省立法政专门学校就读，在校期间接触到大量共产主义著作后，积极投身于反帝反封建的爱国运动。1925 年，前往广州黄埔参加革命，这期间加入中国共产党。1927 年"四·一二反革命政变"后，受组织派遣，打入南京国民政府，任训练总监部和军政部秘书。1932 年 3 月，由于叛徒出卖，身份暴露而被捕入狱。面对国民党反动派的酷刑和利诱，毫不动摇屈服，后在南京雨花台英勇就义。

致冷德苍

苍儿：

收到你的信，使我无限地欢欣！使我无限地惭愧！你居然长这样大了，你居然能读书写字，并且能写信给我了。我频年奔走，毫无建白，却得你这一个后继希望，这使我是多么的欢欣啊！然而你的长大和你的教养，我都未负一些责任，同时却有累了你的祖母、伯父、母亲。虽然是社会和时代所造成，我的内心实不免万分惭愧，在惭愧中还要你为我向你的祖母、伯父、母亲们深深致谢。

时代的车轮不息地旋转，你生在中产的家庭，得饱食暖衣地读书写字，这种机会是非常难得的，希望你好好地努力，以期无负于家庭，无负于社会。同时你要常时留心到远的或近的人们，有许多是没有法得以读书写字，有些更是没有法解决衣食。你就要想到你读书写字的目的，是要为这一批人求一个适当的解决。这一层我更望你朝斯夕斯地不要轻轻放过。

一个人除解决自身的问题而外，还须顾及到社会人类，而且个人问题须在解决社会人类整个的问题中去求解决。所以家庭（即社会）之养成……你除好好地努力读书写字，养成能力而外，还须健全你的身体，每天除读书写字而外，还须做有规则、有益健康之运动与游戏，使知识与体力同时并进，预备着肩负将来之艰巨。

你的祖母、伯父、母亲是十分钟爱你。我虽然离开得远，不能向你作切实的表示，但是也不能说我不爱你。不过，他们之爱你，是望你将来成为一个特出的人物，一切以自己以家庭利益为重的特出于般的人物；我之爱你，是望你将来为一极平凡而有能力为一般劳苦民众解决不能解决之各项问题、铲除社会上一切不平等之人物。苍儿！社会之新光在照耀着你，希望你猛进！

至于你对我所说的一切，我当然能领会得，我既以这样的远大期许你，我为完成我的期许，我为一般被压榨的穷苦无告的人们而期许你。对于你的要求，我将尽力地站在正确的立场而允许你，而设法为你实现。苍儿！再会！

在新年的晨光中，为你祝福！

你的权哥同此。

农

元月八日

张　炽

先烈简介：

　　张炽（1898~1933），云南路南人。1919年，进云南省立第一中学，立志献身于人民革命事业。1924年，考入北京民国大学政治经济系，追随李大钊等早期马克思主义者宣传新思潮，其间加入中国共产党。大革命时期曾参加北伐，以后又到云南、江西、广州、香港等地从事革命工作。1930年7月，在上海不幸被捕，旋解南京，1933年4月1日，壮烈就义于南京雨花台。

给弟弟的信（节录）

子昭三弟：

来信——二月二十八日写的——前两星期即已收到，因杂事太忙——这两星期内，因为组织北京青年学会（北京十八个大学的学生发起组织此会），开会数次。此外我参加的读书会、平民教育研究会等都有会开。在星期二、五，又要到本校平校任教（系尽义务，无薪水），所以差不多天天有事，天天课后，都要去应付——所以不能即时回信。你说"前进呀！……跟着你的弟弟，随后就来了"，你这种精神、志气，不失为一个青年，为一个有希望的青年，令我多的高兴！弟呀！我们一同前进罢！反正有志者是会事竟成呢！（"反正"二字是北京话，它的意思是：无论如何或终归）我十年前在私立高小时，很有志留省、晋京，当时我不管能不能达到这目的，我只是每日读书并大改一切旧习惯（恶劣习惯），因此能稍有所得，并得了家庭和地方的信用，今日竟能达了到目的。你最后又说要我原谅你这抱悲观的我。这一点又不能不令我大惊了！为什么你前面还说前进呀！前进呀！后面竟说出抱悲观来？我以为青年人不应当抱悲观……可是不如意抱了悲观，万不能就会如意。暂时—不如意，只有拿出勇气来努力奋斗，将来才有如意之日。于此我不多言，惟望你"吃苦耐劳，努力奋斗"。

…………

亲爱的弟弟呀！你们晓得现在中国的政治情况如何？简直是什么鬼政治，无时不日趋愈下……所以我们现在要救国救同胞救自己都非革命不可，非国民革命不可（这种话在外省已成一种口号了，只是云南人尚未知道）。什么是叫作国民革命？就是大家国民要组织起来（打倒帝国主义和军阀的方法与步骤，各种报上说得详，以后寄来给你们看吧），打倒帝国主义者与军阀（改造政治、建设政府也是包在内的）！舍了这条路，我国就无希望了。青年是社会的中坚，所以青年的我们，应当走这条路——革命——应当做这种工作——革命工作（革命二字在外省已经是看得很平常了，只是在中国的云南不然，你们切莫听了生畏）。我现在不忍心见国家沦亡，不忍心见同胞穷苦，将为亡国奴、奴隶。立志走这条大路，做这种有价值的工作。你说你要跟我前进，就请一同前进吧！要说的话甚多，说不尽了，再谈！

……我今年不能回家，拟明年暑假回家，未来前两天当先通知。望转告受益大兄。我们今年本想回家，可与你们晤谈，并可以替地方做一点事——教育、实业、风俗等的改良和建设——只是事实上不能回来。现在我们只有将我们的一些主张，拟成具体的意见书寄来（正在起草中不日即可寄来，请地方办事的先生们采纳罢了。自来水笔，不日定当买了寄来）。书籍是要些什么书（这么久不买书寄来，就是因为不知道你们是要些什么书）？可以开个单子来，因为我们看的，是政治经济一类的书，恐怕你们不能看或不爱看，并且寄书也是不方便得很。其他下次再说。

　　祝你

安好

立信、立中诸表弟代我致意！

老历四月初二日午

兄　炽于北京客次

　　…………

邓中夏

先烈简介：

    邓中夏（1894~1933），字仲澥，又名邓康，湖南宜章人。马克思主义理论家，中国工人运动领袖之一。1920 年 10 月，参加北京共产党早期组织。1925 年中华全国总工会成立后，任秘书长兼宣传部部长，参与组织领导省港大罢工。大革命失败后，参加党的"八七会议"，被选为中央临时政治局候补委员。1930 年，被任命为中央代表赴湘鄂西根据地，先后任湘鄂西特委书记、红二军团政委、前敌委员会书记、中央革命军事委员会委员。1932 年，到上海任全国赤色互济会总会主任兼党团书记。1933 年 5 月被捕，9 月 21 日，英勇就义。

少年中国学会南京年会的发言
（节录）

邓仲澥言：学会须讲学实行兼重。但为决定二者缓急先后，全会应有共同的目的以为标准，故必采取或创造一种主义，以为学会的主义。

邓仲澥言：学会已往的对社会无甚效力，都因无共同主义之故。必须规定了主义，大家求学做事才不误入歧途；才便于分工互助；向外活动才旗帜鲜明，易结同志团体；所谓失节堕落，亦才有个标准，于人格的保险能真有效力。这都是有了共同主义的好处。自然我亦不是急于求决议，今天便要定出一种共同主义。但以为必须从今天注意这问题，研究时局，以长期的考虑，求将来有一种规定。

邓仲澥言：我们既为创造少年中国而发起学会，加入学会，那便我们必须求为有学问的实行家、能实行的学问家。学行断无分开之理。从前的人只注意实行，而不注意讲学，故致失败，可为我们殷鉴。有人说学会要规定一种主义，主义总不免缺点，这是误会我前言的意思。我并不望急遽决定一种主义，以蹈敷衍或盲从之弊。是想大家研究，以求将来能采取或自创比较无缺点的主义。至于规定主义，怕引起学会分裂，我想苟于创进少年中国有益，即破裂亦何妨。又须注意的，我所谓主义，是指着共同所要择定政治经济上的主义而言。规定这种具体的主义，比较只有个空泛的宗旨好些。

邓仲澥言：但能决定一种主义，那便系为第三阶级（注：指资产阶级）或第四阶级（注：指无产阶级），主张私产或共产态度具体地表明了。然后多方面的活动，可以趋向一致。教育不致为预备非人的场所，文学不致徒供富贵人的玩赏，实业不致徒养成一般后起的资本家。为决定主义，但觉有研究必要时，即须研究，说限定时间欲研究得一种结论，本自不妥。但决定主义，亦不致如儒勉等所假想的那样困难。大抵信仰一种主义，有本于伦理的态度的，有本于科学的态度的。以伦理的态度决定主义较易，但浅薄不可恃，故有加以科学研究的必要。但亦非必人人加以科学地研究，尽可有信赖他人的研究，而与之表同情的。

邓仲澥言：中国内乱的最大原因，都生于经济紊乱，故必须早解决经济问题。这所以亟须于经济方面求一种共同主

义，这为创造少年中国必要的第一步。我以为学会决非仅是
八十余人修养的保险团体。

　　…………

中国青年应该与"少年国际"结合（节录）

说到这个问题，我想读者必会发生几个疑问，第一要问："什么是少年国际？"第二要问："为什么要和它结合？"第三要问："怎么样去和它结合？"我现在一一地解答出来。

第一，什么是"少年国际"？

什么是"少年国际"？简单一句话，它是全世界少年被压迫者——不分种族和颜色——的总组织。

…………

……青年在各国革命场合中是一支最有效的别动队、生力军，在这种形势之下，除了西方青年与东方青年结合起来共同革命，尚有什么道路可走呢？

"少年国际"便早就看到了这一层，所以大声疾呼："西方青年与东方殖民地的青年结合起来呀！"并且早就看到日美英法不免的冲突，早迟便要为了东方问题，能发生新帝国主义战争于太平洋上，所以向东方殖民地青年大声疾呼："反抗国际帝国主义呀！""反抗新帝国主义的战争呀！"中国为国际帝国主义公共殖民地，中国如求得民族之解放、国家之独立、政治之自由，只有打倒帝国主义及其所扶植的封建军阀。中国青年们！你们要为了这些而革命吗？你们须增厚你们革命的力量。你们要增厚你们革命的力量吗？你们须与各国青年革命势力联络。你们要与各国青年革命势力联络吗？你们必须与这代表全世界青年革命势力、总团结的"少年国际"结合。

　　…………

　　青年们呀！"社会之花"呀！努力！努力！这是你们生死关头所在。打破这一关，前途便有无限的光明！

沈泽民

先烈简介：

    沈泽民（1900~1933），学名沈德济，浙江桐乡人，我国现代作家、翻译家，中国共产党早期重要领导人和鄂豫皖边区的创立者之一。1921年，加入上海共产主义小组。1924年，被选为中共上海地委委员，并参加国共合作。1925年，参加五卅运动，任党中央机关报《热血日报》编辑。1931年春，奉调鄂豫皖根据地，先后任苏区中央分局委员、鄂豫皖省委书记、中华苏维埃共和国临时中央政府执行委员等。1933年11月20日，积劳成疾，因病逝世。

要如艺术地生命接触，光得青年自己有活泼的生命

青年与文艺运动（节录）

——读书随感之一

法国象征诗的起源，是在一个小小的咖啡馆里。每到星期四，一般青年文艺家都来了，纵横古今，无所不谈。其中谈锋最好的是那后来成为象征派开山祖的 Mallarme（注：马拉美）。他是一个对于诗的起源有过深沉而密切的研究的人，在诸青年中是他最年长。"咖啡店的客座中，光线幽暗，有似庙宇"，于是他的"'海淫的'玄妙的诗理"戏台上独白似的吐出来了。他讲，其余的人听，听众之中，有……这些人，都是后来第一流的文学家。

他们这咖啡馆中的生活，是充满了生命的——这一批青年文艺家，孕育胚胎他们的未来的伟大，于这热烈的谈话中。

我想，象征派思想是否适合于现在的中国青年，颇是一个问题。可是他们的少年精神却是永久适合任何时代地点的青年的。中国的青年能于一个思想上的问题有这样热烈的兴致去讨论研究吗？这是一件要使人暂时脱离他的狭小的我，走入一个广大深远而与自己无关的世界内的事。这件事，包含着人类向理想进行的意志。

中国的文学运动似乎也应该有这样一个光明的时代了，然而我却少见有这样一种蓬勃的风气——不要说普遍。然而真要把新文艺运动属望于青年，非先使他们和生命接触不可。因为艺术的本质就（是）生命，要如艺术地生命接触，先得青年自己有活泼的生命。

记得日本的石川啄木有一首诗，题目叫作《到民间去》。他说："他们的谈话也和俄国青年当年一样的激烈，啤酒杯子里浮着小飞虫的尸体，少女的眼里也露出久听谈话之后的疲倦了。只是没有一个人用拳击桌，叫道：'到民间去！'……"（大意）

这种热烈的空气在我们看来，似乎也很可以了。但是石川啄木还以为不满足呢！

顾作霖

先烈简介：

　　顾作霖（1908~1934），上海嘉定人。1925年，加入中国共产主义青年团。1926年，转为中国共产党党员，后任中共江浙区委职工运动委员会委员兼共青团江浙区委委员、组织部部长。1931年到达中央苏区后，曾主持共青团苏区中央局的工作。1934年1月，在六届五中全会上当选为中共中央委员、政治局委员，后曾担任红军总政治部代理主任等职。1934年5月28日，在广昌决战前线因病去世。

遗 墨

休损害宝贵的身体，

莫辜负不再的韶光，

伟大的事业，

正需要你青年力壮。

寻淮洲

先烈简介：

　　寻淮洲（1912~1934），湖南浏阳人。1927 年，参加湘赣边界秋收起义。1928 年，加入中国共产党。曾任中国工农红军团长、师长、军长等职。1933 年，任红军第七军团军团长。1934 年 7 月，红七军团改编为北上抗日先遣队，任总指挥。后红七军团与闽浙赣根据地的新红十军会合，合编为红十军团，任十九师师长。部队在北上途中遭国民党军阻击，同年 12 月 14 日牺牲。

现在的我

　　我们生在世界上，假使和那寄生虫一样，春来也好，秋去也好，一味甘食美衣，玩日愒岁，徒然食息于天地之间；由幼而壮，由壮而老，由老而死，空空过此一生，岂不是太无意识吗？但是我们要既想做些事业在生时，当着这做学生的时候，对于以前怎样是小孩子，将来怎样为大国民，这些事业，也不可不酌量一下。我现在的年纪，虽不是当大国民的时候，也不是当小孩子的时候了。所以我在这个学期内，对于学业上应该猛力前进，求一些丰富的知识；对于身体上，应该竭力锻炼，求一个强健的身体；对于办事方面，更应该随时练习，养成很好的才干，预备将来与国家做些大事业。不但如此，现在我的良心上，还有应该勤学的处所，如我的父母育养我，师长教训我，在各同学的勉励我，无非愿我的学业上进，不像过去的我，非常顽劣，对于学业上毫无寸进。加之我在这个学期，是我在高小的最后一期了，假使我仍不发愤向学，岂不是辜负了父母师友的热血吗？所以我在这个学期的初始，就确定我的愿头，照我的志愿努力前进，那么，过去的我虽然顽劣，而将来的我，一定是不可限制的。

注：13 岁时，寻淮洲考入了湖南浏阳莲溪乡立高等小学。这篇保存至今的作文《现在的我》，记录了少年寻淮洲对人生和世界的思考，更记载下他报效国家的决心与志向。

何叔衡

先烈简介：

何叔衡（1876~1935），湖南宁乡人。无产阶级革命家，中共一大代表，中国共产党创始人之一。1913 年，考入后来的湖南省立第一师范。1920 年冬，与毛泽东共同发起成立湖南的共产党早期组织。1921 年 7 月，出席中国共产党第一次全国代表大会，成为党的创始人之一。1928 年 6 月，赴莫斯科出席中共六大。1931 年 11 月，当选为中华苏维埃共和国中央执行委员会委员。1934 年 10 月，奉命留在中央革命根据地坚持游击战争。1935 年 2 月 24 日，在长汀牺牲。

致莘玖的信（节录）

莘玖阅悉：

　　……凡事只有快快活活地去想，快快活活去做，总有办法，听他天大地大的事都是如此。至于不向人乞怜，须知现在被压迫的太多，都是可怜的人，所以乞怜也是空的。只有求自己才有门径。又，凡事总要早打算，如明年要做些什么事，下月要做些什么事，明日要做些什么事，总要脑子里先想一下……

璿

新历四月廿八日

致新九的信

新九：

　　许久未发家信了，我亦未接得有家信，只有嗣女转来数
语，云你尚能负担侍养你老母的责任，这是非常欣幸的。前
阅报章，云湖南夏秋又遭旱灾，并且非常普遍，到底情形怎
样？颇难释念！我在外身体甚好，所学所行，均能如愿，毋
烦挂念。你老母近状如何？全家大小怎样？各至戚家情形怎

样？地方情形怎样？日用所需价格怎样？家中耕种畜牧情形怎样？务请你详细列表写告！我甚不愿意你十分闭塞，对于亲戚邻近人家也要时常走谈一下，讨论谋生处世的事，一切劳力费财的事，总要仔细想想。要于现时人生有益的才做。幸福绝不是天地鬼神赐给的，病痛绝不是时运限定的，都是人自己造成的。此理苟不明白，碌碌忙忙，一生没有出头之日。我平生对于过去的失败，绝不懊悔；未来的侥幸，绝不强求；只我现在应做的事，不敢稍为放松，所以免去许多烦恼。你能学得否？我知你大伯、三伯等，现在的齿发，怕不像从前了吧？你兄弟诸侄的能力，应比从前能独立了些吗？你如写信给我，应该要从有关系有意义的地方着笔，不要写些应酬的话呢！我在外即写字也弄了几十元，但无法汇寄你老母及老伯用。又不知此信到日，或在你老母生日左右，苟葆情来，可以商量答复也。祝大小全吉！

旧历六月二十八

衡笔

阮啸仙

先烈简介：

　　阮啸仙（1897~1935），广东河源人。中国共产党早期党员之一，广东青年运动的先驱，大革命时期著名的农民运动领袖，第一任中央审计委员会主任。1921年，加入中国共产党。1926年11月，任中共中央农民运动委员会委员。1929年，到上海任中共中央审计处处长。1934年，担任中共赣南省委书记兼任军区政治委员。1935年3月6日，在战斗中壮烈牺牲。

青年创造环境的工具

　　现在的环境可算是坏到极点了！社会上所表现的种种罪
恶，莫不是坏环境压迫出来的。原来人类是向前走的，乃为
环境所逼，成为迟滞的——也许是坠落下来了；原来是有意
识的，现为环境诱惑，变成头脑不清，凡事糊涂起来了；原
来是勃勃有生气的，乃为环境所熏染，变成畏怯退缩，遇事
推诿放弃了；原来是光明磊落的，乃为环境所蒙蔽，生出昧
良的心性，欺诈巧伪了；原来是敢作有为的，乃为环境所征
服，变成没勇气的，甘自暴弃，没有振作了；原来是吃惯苦的，
乃为环境所挫折，便不肯舍己，畏首畏尾了。那么，我们抱
着改造宏愿的青年，对于这不良的现在的环境，不消说的，

不满意到万分。但只是不满意地在这里烦闷，不去研究打破的方法，来创造新环境，那环境的压迫，总有一天高似一天，筑起坚壁垒来，断不会天从人愿的，给我们一个愿意。我们当这青年有为的时候，在这环境压迫的当中，要超出旧环境，加入新环境，着着实实做去，别要空中起楼阁，讲几句新名词，读几册新思潮书籍，戴着空谈主义的假面具，就算了事。我对于这个问题——青年创造环境，以为必有一种创造的工具，这工具是准备实行的，所以提出来和大家讨论讨论。

一，判断　我们人类本来是有人的可能性，头脑很是清楚的。何以事理之来，便糊涂起来，不能条分缕析地得个明白？这就是缺乏了判断力，当断而不断，没有处理事物的可能。既不能处理事物，对于无论如何问题，不敢下个决心，那就做不成了，任环境去支配，压在环境的下面呢。所以我们要训练判断力，发展个性的可能，对于问题的发生加以详细地研究，明白了解了，便驱去怀疑，勿为他动力所诱惑，一意做去，那一切的困难问题便可迎刃而解。

二，进取　我们青年做事，本是勇往直前地向前走去，一境自有一境的进程。做什么会迟滞地半途中止，或是不进则退地落下呢？就是没有进取的心。人类的欲望本来没有满足的地方，欲达到欲望的鹄的，要不息地进取，方可推陈出新的，望着快活在前头。"山重水复疑无路，柳暗花明又一村。"就是这样说法。但青年人，多是好逸恶劳的，偶有一得，便自赡自喜，不谋再进一程，这是青年没进取心的表征，免不了的事实。

所以我们当这创造环境的过程、难艰的问题，纷至沓来，攻进一层又一层，搴旗击鼓向前跑，才有达到创造的一日。

三，负责　人类本来是好动的，有担当艰巨的天才。为什遇事推诿放弃呢？因为责任心薄弱。责任薄弱，是青年的通病，偷闲置散，不明白真正的人生，匪特废时误事，精神也从此埋没，变成坠落的青年。不想能创造环境（？）反为环境压迫底下的降卒，岂不是枉做青年吗？我们准备做青年创造环境的工夫，要了解人生观，抱定"匹夫有责"主义，尽自己的本能，对于社会尽一分力，历任艰巨，责无旁贷。

四，朴实　当青年的时代，大都含有朝气，胸怀坦白，很光明磊落的、纯洁的一个人，断不会弄成心性昧良、欺诈巧伪来，这是什么缘故呢？因为青年人，大抵是怀着客气和虚荣心，对于任何一问题发生的当途，便以为与己身没有关系；明明是见得到的地方，因见社会上没有人发起，便不敢当头去做，这就是客气用事。但是对于自己有利益的，或是于名誉上可得些少光荣又不需费什么力，即可欢欢喜喜地去做。似这样做去，便是为自己做事，并非为做事而做事，于社会不发生什么效力，这就是虚荣心。怀着客气和虚荣心来用事，侵假就会生出昧良的心性和欺诈巧伪来，便变成刻薄的社会。所以我们青年已担创造环境的责任，马上要排除客气和虚荣心，走向朴实的一途。

五，奋斗　我们青年当这环境不良的压迫，来做创造的工夫，免不了有障碍的当前，阻住我们的去路，令我们不能向光明的直线上行去。若我们没有毅力和决心，好容易会弄到为环境所征服，没有发作，也许是全功尽弃。所以我们当障阻的当前，要拿手段去打破他，去和障碍决战，<u>直撞上去，不管什么危险不危险</u>。有这决心，前途的故障，总有打破的一日，表现我们的新创作的新环境。奋斗！奋斗！这是青年创造环境的唯一的工具。

六，牺牲　我们已拼着奋斗的精神，去和恶魔决斗，但旧环境壁垒坚固，万障千层，非容易为力，也许有危险的过程，为奋斗者的戕贼。吾辈青年，若是不惯吃亏，惧怕起来，半途中止，那就会弄到欲罢不能，被他生吞活剥下去，所以我们要拿"我不牺牲，谁当牺牲"的决心，甘心愿意受危险的牺牲，便可转危为安。且有一种牺牲，必有一种代价，或于自己当时不免受了痛苦，但于社会的影响必大。有价值的牺牲，为全人类求幸福，也何乐而不为？

总之，我们做青年，是想做好的青年，为新社会的健儿，为主义的实行家，也许甘愿为旧社会恶环境的破坏者，坚忍卓绝，来破坏挡住新社会进行的障碍物。那么，我们已有快活的前途，也不能无有中道的危险，去掉危险，得着幸福，也许有创作的工夫，"工欲善其事必先利其器"。青年创造环境的工具，是应该注意的。

一九二一·一〇·一八日

致阮乃纲的信（节录）

乃纲爱儿：

…………

爱儿：你不是要我买什么书给你吗？我本来是很穷的，现在更穷上加穷，变成一顿找来一顿吃，有了今天明日愁，就由得明日忧了，连今写信给你的邮票，都费了很大力量得来的呢。说起来，恐怕有些人不大相信吧。其实这些年头，这些事，这些人多着咧。

爱儿：我希望你好好地读书，放学回来或暇日要助家中做一些日常应做的事，譬如弄饭煮菜等事……煮饭虽小事，但含有许多道理科学作用，不过"前人种竹后人享福"，见惯不怪，以为无稀奇被人忽略过去了。总之，一事虽小，增长的见识就不少。古人说"同君一晚话，胜读十年书"，这是经验之谈也。望你从实际上去学习。

…………

爱儿！你想学好，你应该向你眼前的事情去学，事无大小，都有它的道理的。想见识多，有本事能耐，不必向上海或外国花花世界去学，随时随地随事都是书本，都有够学的道理在，哪怕是烧火煮饭的小事，你想知道火是什么东西？从何而来？它对于人群社会有何益处？有何害处？如何用之才有益而无害？那就够你想了。

今晚因为下雨，未有伞又未有雨鞋，不能往外边跑，抽暇写这封信给你，望你给我回信！……

父字

六月十六日晚上十二时

瞿秋白

先烈简介：

　　瞿秋白（1899~1935），江苏常州人。中国共产党早期主要领导人之一，伟大的马克思主义者，卓越的无产阶级革命家、理论家、文学家和宣传家，中国革命文学事业的重要奠基者之一。1917年秋，考入北京俄文专修馆学习。1922年春，加入中国共产党。1923年，主编《前锋》，参加编辑《向导》。1925年1月，当选为中共中央局委员。大革命失败后，曾主持中央工作。1934年后，任中华苏维埃共和国中央执委会委员、人民教育委员会委员等职。1935年2月，在福建长汀被国民党军逮捕，6月18日从容就义。

儿　时

狂胪文献耗中年，亦是今生后起缘；

猛忆儿时心力异，一灯红接混茫前。

——定盒诗

　　生命没有寄托的人，青年时代和"儿时"对他格外宝贵。这种罗曼蒂克的回忆其实并不是发现了"儿时"的真正了不得，而是感觉到"中年"以后的衰退。本来，生命只有一次，对于谁都是宝贵的。但是，假使他的生命溶化在大众的里面，假使他天天在为这世界干些什么，那么，他总在生长，虽然衰老病死仍旧是逃避不了，然而他的事业——大众的事业是不死的，他会领略到"永久的青年"。而"浮生如梦"的人，从这世界里拿去的很多，而给这世界的却很少——他总有一天会觉得疲乏得死亡：他连拿都没有力量了。衰老和无能的悲哀，像铅一样地沉重，压在他的心头。青春是多么短呵！

"儿时"的可爱是无知。那时候，件件都是"知"，你每天可以做大科学家和大哲学家，每天在发现什么新的现象、新的真理。现在呢？"什么"都已经知道了，熟悉了，每一个人的脸都已经看厌了。宇宙和社会是那么陈旧，无味，虽则它们其实比"儿时"新鲜得多了。我于是想念"儿时"，祷告"儿时"。

不能够前进的时候，就愿意退后几步，替自己恢复已经走过的前途。请求"无知"回来，给我求知的快乐。可怕呵，这生命的"停止"。

过去的始终过去了，未来的还是未来。究竟感慨些什么——我问自己。

一九三三·九·二八

方志敏

先烈简介：

　　方志敏（1899~1935），江西上饶人。中国共产党革命家、政治家、军事家，杰出的农民运动领袖，土地革命战争时期闽浙赣革命根据地的缔造者。1924年3月，加入中国共产党。1928年，参与领导弋横暴动，创建赣东北苏区。先后任赣东北省、闽浙赣省苏维埃政府主席和红十军政治委员等职。1934年冬，与粟裕率领的红军北上抗日先遣队被国民党军队追击包围。1935年1月被俘，后囚于南昌国民党驻赣绥靖公署军法处看守所。在狱中，严词拒绝国民党的劝降。1935年8月6日，被秘密杀害于南昌下沙窝。

可爱的中国（节录）

这是一间囚室。

这间囚室，四壁都用白纸裱糊过，虽过时已久，裱纸变了黯黄色，有几处漏雨的地方，并起了大块的黑色斑点；但有日光照射进来，或是强光的电灯亮了，这室内仍显得洁白耀目。对天空开了两道玻璃窗，光线空气都不算坏。对准窗子，在室中靠石壁放着一张黑漆色长方书桌，桌上摆了几本厚书和墨盒、茶盅。桌边放着一把锯短了脚的矮竹椅；接着竹椅背后，就是一张铁床；床上铺着灰色军毯，一床粗布棉被，折叠了三层，整齐地摆在床的里沿。在这室的里面一角，有一只未漆的、未盖的白木箱摆着，木箱里另有一只马桶躲藏在里面，日夜张开着口，承受这室内囚人每日排泄下来的秽物。在白木箱前面的靠壁处，放着一只蓝瓷的痰盂，它像与马桶比赛似的，也是日夜张开口，承受室内囚人吐出来的痰涕与丢下去的橘皮、蔗渣和纸屑。骤然跑进这间房来，若不是看到那只刺目的、很不雅观的白方木箱，以及坐在桌边那个钉着铁镣一望而知为囚人的祥松，或者你会认为这不是一间囚室，而是一间书室了。

的确，就是关在这室内的祥松，也认为比他十年前在省城读书时所住的学舍的房间要好一些。

这是看守所优待号的一间房。这看守所分为两部，一部是优待号，一部是普通号。优待号是优待那些在政治上有地位或是有资产的人们。他们因各种原因，犯了各种的罪，也要受到法律上的处罚；而他们平日过的生活以及他们的身体，都是不能耐住那普通号一样的待遇；把他们也关到普通号里去，不要一天两天，说不定都要生病或生病而死，那是万要不得之事。故特辟优待号让他们住着，无非是期望着他们趁早悔改的意思。所以与其说优待号是监狱，或者不如说是休养所较为恰切些，不过是不能自由出入罢了。比较那潮湿污秽的普通号来，那是大大的不同。在普通号吃苦生病的囚人，突然看到优待号的清洁宽敞，心里总不免要发生一个是天堂，一个是地狱之感。

因为祥松是一个重要的政治犯，官厅为着要迅速改变他原来的主义信仰，才将他从普通号搬到优待号来。

祥松前在普通号，有三个同伴同住，谈谈讲讲，也颇觉容易过日。现在是孤零一人，整日坐在这囚室内，未免深感寂寞了。他不会抽烟,也不会喝酒,想借烟来散闷、酒来解愁,也是做不到的。而能使他忘怀一切的,只有读书。他从同号的难友处借了不少的书来,他原是爱读书的人,一有足够的书给他读读看看,就是他脚上钉着的十斤重的铁镣,也不觉得它怎样沉重压脚了。尤其在现在,书好像是医生手里止痛的吗啡针,他一看起书来,看到津津有味处,把他精神上的愁闷与肉体上的苦痛,都麻痹地忘却了。

到底他的脑力有限,接连看了几个钟头的书,头就会一阵一阵地胀痛起来,他将一双肘节放在桌上,用两掌抱住胀痛的头,还是照原看下去,一面咬紧牙关自语:"尽你痛!痛!再痛!脑溢血,晕死去罢!"直到脑痛十分厉害,不能再耐的时候,他才丢下书本,在桌边站立起来。或是向铁床上一倒,四肢摊开伸直,闭上眼睛养养神;或是在室内从里面走到外面,又从外面走到里面地踱着步;再或者站在窗口望着窗外那么一小块沉闷的雨天出神;也顺便望望围墙外那株一半枯枝、一半绿叶的柳树。他一看到那一簇浓绿的柳叶,他就猜想出遍大地的树木,大概都在和暖的春风吹拂中,长出艳绿的嫩叶来了——他从这里似乎得到一点儿春意。

他每天都是这般不变样地生活着。

今天在换班的看守兵推开门来望望他——换班交代最重要的一个因人——的时候,却看到祥松没有看书,也没有踱步,他坐在桌边,用左手撑住头,右手执着笔在纸上边写边想。祥松今天似乎有点什么感触,要把它写出来。他在写些什么呢？呵！他在写着一封给朋友们的信。

亲爱的朋友们：

我终于被俘入狱了。

关于我被俘入狱的情形，你们在报纸上可以看到，知道大概，我不必说了。我在被俘以后，经过绳子的绑缚，经过钉上粗重的脚镣，经过无数次的拍照，经过装甲车的押解，经过几次群众会上活的示众，以至关入笼子里，这些都像放映电影一般，一幕一幕地过去！我不愿再去回忆那些过去了的事情，回忆，只能增加我不堪的羞愧和苦恼！我也不愿将我在狱中的生活告诉你们。朋友，无论谁入了狱，都感得到愁苦和屈辱，我当然更甚，所以不能告诉你们一点什么好的新闻，我今天想告诉你们的却是另外一个比较紧要的问题，即是关于爱护中国、拯救中国的问题，你们或者高兴听一听我讲这个问题吧。

我自入狱后，有许多人来看我；他们为什么来看我，大概是怀着到动物园里去看一只新奇的动物一样的好奇心吧？他们背后怎样评论我，我不能知道，而且也不必一定要知道。就他们当面对我讲的话，他们都承认我是一个革命者；不过他们认为我只顾到工农阶级的利益，忽视了民族的利益，好像我并不是热心爱中国、爱民族的人。朋友，这是真实的话吗？工农阶级的利益，会是与民族的利益冲突吗？不，绝不是的，真正为工农阶级谋解放的人，才正是为民族谋解放的人，说我不爱中国，不爱民族，那简直是对我一个天大的冤枉了。

我很小的时候，在乡村私塾中读书，无知无识，不知道什么是帝国主义，也不知道帝国主义如何侵略中国，自然，不知道爱国为何事。以后进了高等小学读书，知识渐开，渐渐懂得爱护中国的道理。一九一八年爱国运动波及我们高小时，我们学生也开起大会来了。

....

从此以后在我幼稚的脑筋中，做了不少的可笑的幻梦：我想在高小毕业后，即去投考陆军学校，以后一级一级地升上去，带几千兵或几万兵，打到日本去，踏平三岛！我又想，在高小毕业后，就去从事实业，苦做苦积，哪怕不会积到几百万几千万的家私，一齐拿出来，练海陆军，去打东洋。读西洋史，一心想做拿破仑；读中国史，一心又想做岳武穆。这些混杂不清的思想，现在讲出来，是会惹人笑痛肚皮！但在当时我却认为这些思想是了不起的真理，愈想愈觉得津津有味，有时竟想到几夜失眠。

一个青年学生的爱国，真有如一个青年姑娘初恋时那样的真纯入迷。

....

朋友，想想看，只要你不是一个断了气的死人，或是一个甘心亡国的懦夫，天天碰着这些恼人的问题，谁能按下你不挺身而起，为积弱的中国奋斗呢？何况我正是一个血性自负的青年！

⋯⋯⋯⋯⋯

朋友！中国是生育我们的母亲。你们觉得这位母亲可爱吗？我想你们是和我一样的见解，都觉得这位母亲是蛮可爱蛮可爱的。以言气候，中国处于温带，不十分热，也不十分冷，好像我们母亲的体温，不高不低，最适宜于孩儿们的偎依。以言国土，中国土地广大，纵横数万数千里，好像我们的母亲是一个身体魁大、胸宽背阔的妇人，不像日本姑娘那样苗条瘦小。中国许多有名的崇山大岭、长江巨河，以及大小湖泊，岂不象征着我们母亲丰满坚实的肥肤上之健美的肉纹和肉窝？中国土地的生产力是无限的；地底蕴藏着未开发的宝藏也是无限的；废置而未曾利用起来的天然力，更是无限的，这又岂不象征着我们的母亲，保有着无穷的乳汁、无穷的力量，以养育她四万万的孩儿？我想世界上再没有比她养得更多的孩子的母亲吧。至于说到中国天然风景的美丽，我可以说，不但是雄巍的峨嵋，妩媚的西湖，幽雅的雁荡，与夫"秀丽甲天下"的桂林山水，可以傲睨一世，令人称羡；其实中国是无地不美，到处皆景，自城市以至乡村，一山一水，一丘一壑，只要稍加修饰和培植，都可以成流连难舍的胜景；这好像我们的母亲，她是一个天姿玉质的美人，她的身体的每一部分，都有令人爱慕之美。中国海岸线之长而且弯曲，照现代艺术家说来，这象征我们母亲富有曲线美吧。咳！母亲！美丽的母亲，可爱的母亲，只因你受着人家的压榨和剥削，弄成贫穷已极；不但不能买一件新的好看的衣服，把你自己装饰起来；甚至不能买块香皂将你全身洗擦洗擦，以致现出怪难看的一种憔悴褴褛和污秽不洁的形容来！啊！我们的母亲太可怜了，一个天生的丽人，现在却变成叫花的婆子！站在欧洲、美洲各位华贵的太太面前，固然是深愧不如，就是站在那日本小姑娘面前，也自惭形秽得很呢！

…………

不错，目前的中国，固然是江山破碎，国弊民穷，但谁能断言，中国没有一个光明的前途呢？不，决不会的，我们相信，中国一定有个可赞美的光明前途。中国民族在很早以前，就造起了一座万里长城和开凿了几千里的运河，这就证明中国民族伟大无比的创造力！

中国在战斗之中一旦斩去了帝国主义的锁链，肃清自己阵线内的汉奸卖国贼，得到了自由与解放，这种创造力，将会无限地发挥出来。到那时，中国的面貌将会被我们改造一新。所有贫穷和灾荒，混乱和仇杀，饥饿和寒冷，疾病和瘟疫，迷信和愚昧，以及那慢性地杀灭中国民族的鸦片毒物，这些等等都是帝国主义带给我们可憎的赠品，将来也要随着帝国主义的赶走而离去中国了。朋友，我相信，到那时，到处都是活跃的创造，到处是日新月异的进步，欢歌将代替了悲叹，笑脸将代替了哭脸，富裕将代替了贫穷，康健将代替了疾苦，智慧将代替了愚昧，友爱将代替了仇杀，生之快乐将代替了死之悲哀，明媚的花园将代替了凄凉的荒地！这时，我们民族就可以无愧色地立在人类的面前，而生育我们的母亲，也会最美丽地装饰起来，与世界上各位母亲平等地携手了。

这么光荣的一天，决不在辽远的将来，而在很近的将来，我们可以这样相信的，朋友！

朋友，我的话说得太啰嗦厌听了吧？好，我只说下面几句了。我老实地告诉你们，我爱护中国之热诚，还是如小学生时代一样的真诚无伪；我要打倒帝国主义为中国民族解放之心，还是火一般的炽烈。不过，现在我是一个待决之囚呀！我没有机会为中国民族尽力了！我今日写这封信，是我为民族热情所感，用文字来作一次为垂危的中国的呼喊，虽然我的呼喊，声音十分微弱，有如一只将死之鸟的哀鸣。

啊！我虽然不能实际地为中国奋斗，为中国民族奋斗，但我的心总是日夜祷祝着中国民族在帝国主义羁绊之下解放出来之早日成功！假如我还能生存，那我生存一天就要为中国呼喊一天；假如我不能生存——死了，我流血的地方，或者我瘗骨的地方，或许会长出一朵可爱的花来，这朵花你们就看作是我的精诚的寄托吧！在微风的吹拂中，如果那朵花是上下点头，那就可视为我对于为中国民族解放奋斗的爱国志士们在致以热诚的敬礼；如果那朵花是左右摇摆，那就可视为我在提劲儿唱着革命之歌，鼓励战士们前进啦！

亲爱的朋友们，不要悲观，不要畏馁，要奋斗！要持久地艰苦地奋斗！把各人所有的智慧才能，都提供于民族的拯救吧！无论如何，我们决不能让伟大的、可爱的中国，灭亡于帝国主义的肮脏的手里！

你们诚挚的祥松

五月二日写于囚室

　　囚人祥松将上信写好了，又从头到尾仔细修改了一次，自以为没有什么大毛病了，将它折好，套入一个大信封里。信封上写着："寄送不知其名的朋友们均启。"这封信，他知道是无法寄递的，他扯开书桌的抽屉，将信放在里面。然后拖起那双戴了铁镣的脚，钉铛钉铛走到他的铁床边就倒下去睡了。

　　他往日的睡，总是做着许多噩梦，今晚，他或者能安睡一夜吧！我们盼望他能够安睡，不做一点梦，或者只做个甜蜜的梦。

　　…………

李 飞

先烈简介：

　　李飞（1917~1936），原名李英华，吉林德惠人，中国共产党党员。曾任共青团下江特委书记。1936年，在战斗中牺牲。

送友赴平升学

瘴气茫茫在眼前，开明道路是青年。

登山务期达绝顶，掘井何堪不及泉。

气壮应嫌天宇隘，心平莫畏世途艰。

英雄自古皆无种，惟吾男儿志须坚。

注：这是一首赠别诗，作者的朋友要去北平读书了，他赠诗一首，表明心意。作者勉励友人，做事一定要坚持到底，绝不可半途而废；要有豪情壮志，不惧怕世间的困难，英雄不是生来就有的，是好男儿就要有坚强的意志力和宏伟的志向。

李得钊

先烈简介：

　　李得钊（1905~1936），浙江永嘉人。1925年，加入中国共产党，后赴苏联莫斯科东方大学学习。回国后曾到上海中共中央机关，任《红旗》报编辑并在共青团中央工作。1933年，在中共中央特科总务科、上海中央局工作。1934年6月被捕，解至南京。1936年9月，在狱中牺牲。

灯蛾

灯蛾扑火似无成，是是非非评不清；

我说灯蛾死可贵，粉身碎骨向光明。

萤火虫

莫道流萤小小虫，抗暴大胆称英雄；

风风雨雨无所惧，长此发光黑暗中。

注：《灯蛾》和《萤火虫》是李得钊在中学读书时写的两首诗。他通过歌颂灯蛾和萤火虫，来表达他决心追求光明、冲破黑暗、为真理而奋斗的志向。

向热生

先烈简介：

　　向热生（1908~1938），江西德安人。1925年，加入中国共产党，积极从事学运工作。北伐军攻克九江后，先后担任九江团地委宣传部部长和书记。1928年至1929年，在德安彭山开展游击战争。1930年，又先后被调到上海、青岛、济南等地的互济会工作。抗日战争爆发后，回到故乡从事抗日救亡工作，任"抗敌后援会"总干事和德安职业学校校长。1938年5月30日，在乡下结束宣传工作返回县城时，不幸被特务杀害。

致少甫

少甫亲爱的世兄：

　　我接到你的信，我是非常之难过。你说：要摆背水阵，与社会决斗那句话，我很赞成。但是你又说：要遁入空门。你不是自相矛盾吗？厌世主义的话，不是我常常在口头谈吗？现在我又觉得人生存在社会，总不外乎"牺牲"两个字，推想起来，我们何不抱定一基本主义，靠着牺牲，先生助我们的胆子去与社会决斗起来……至于（不要因）受这回的打击，就灰起心来，抱定厌世主义。你要晓得这算不了一回事。

你想想现在办事的人，知道了哪一部分？你却不要因此灰心而厌世。

少甫——毋自馁，赶快振作精神，努力求学，蓄着些精锐的气，去与社会开火，我愿为你的先锋。

茅丽瑛

先烈简介：

    茅丽瑛（1910~1939），浙江杭州人。1935 年，参加上海职业妇女会，开始从事进步活动。1937 年"八一三事变"后，毅然辞去薪酬优厚的海关工作，投身于抗日救亡活动，先后参加战时服务团和救亡长征团，奔赴华南和东南各省宣传抗日。1938 年，在上海加入中国共产党。1939 年 12 月 12 日，遭汪伪特务暗杀。

遗 墨

我们要有热的血，冷的头脑，积极的精神，战斗的意志。

我们要随时随地地反省，不断地努力克服弱点，那么在未来的新中国里，才配得上称作新的女性。

丽瑛

一九三九·四·六

陈康容

先烈简介：

　　陈康容（1915~1940），福建省永定人。1930 年，就读于集美学校，深受革命影响，积极参加进步活动。1937 年，加入中国共产党。1938 年 3 月，受命留在闽西游击区组织抗日活动。1940 年 8 月被捕，9 月，被国民党反动派残酷活埋而牺牲。

自首书

青春价无比，团聚何须提？

为了申正义，岂惧剥重皮！

袁国平

先烈简介：

　　袁国平（1906~1941），湖南邵东人。1925 年，加入中国共产党。1926 年，参加北伐战争。1927 年，参加南昌起义和广州起义。起义失败后赴上海，后进入中央苏区，参加了中央苏区历次反"围剿"和长征。全民族抗战爆发后，曾任新四军政治部主任，参与领导新四军挺进敌后，开展抗日游击战争，协助叶挺、项英进行建军和统战工作。1941 年 1 月，在皖南事变中牺牲。

给侄子的信

振鹏贤侄如见：

廿四（日）来信收到，知家中甚安，你的学业进步，甚为慰藉。

敌自攻陷粤汉后，劝和诱降失败，速战速决无望，几经周折，最近始决定继续挣扎，企图攻我西北，截断中苏交通，窥伺西南，威胁滇越铁路，乃至滇缅公路，其目的在断绝中国之一切外援。但是敌人这种企图是不易实现的，因为敌愈深入愈困难，兵力分散，交通延长，后方空虚，地形不利，而我则前有正规军顽抗，后有游击队积极行动，前后夹击，必使敌人之泥足越陷越深。你应告诉家里，中国抗战前途很好，最后定可战胜日本，只不过要经过一个长期的艰苦奋斗。

因目前敌之主要进攻方向是西北与西南，故长沙危而复安，宝庆更无问题。千万不要误信谣言，致影响家庭不得安居。

我因亲临南京、江宁、镇江、丹阳、芜湖一带最前线视察过一次，费时约两月。故此不能与家中多通讯，以后当于百忙中时常写信来。

　　前方并不危险，请祖母大人放心，因为日本鬼子并不那样可怕，只要会打仗，敌人的飞机大炮都有办法对付的。一年多，我们在大江南北共打了二百二十多次的仗，都是胜利的，有了这一年打鬼子的经验，我们以后更有自信了。

　　你还没有看过日本鬼子么？我们这里捉着一批日本俘虏，可惜隔得远了，不然，你倒可以来看一看。

　　你爸爸有信来吗？他有两个月没有来信了，前次曾去电致问，据想是平安的吧！

　　在宝庆设有八路军办事处，据说负责人是王凌波，此人知道我，你可去玩玩。

　　家中生活不很困难吗？据我想，一年以内大概不会发生大的困难的？此刻我身无分文，无法帮助家里，因为我们都是以殉道者的精神为革命、为国家民族服务的。或许有人要说我们是太不聪明了，然而世界上应该有一些像我们这种不聪明的人。请家里不要想将来的生活怎么办，因为中国正处在大的变动之中，中国抗战成功，不愁无饭吃；抗战不幸失败，则大家都当亡国奴。所以，我希望家里在这方面能够想得远大些，能够原谅我！

　　你婶婶身体很好，大约五六月间她才会休息的。此间环境很好，女伴很多，请家里放心。

工作太忙了，不然我也想回家来看一看，还是让抗战成功再与你们欢聚吧！

你在中学毕业后，我准备介绍你到另一个地方去学习，望努力科学地研究，学校中有英文一科么？能够学会英文，对于将来研究世界近来的学识是有助益的。

千万要好好保养身体，锻炼体格是准备担当大事业的前提。

祖母大人慈照已经收到，白发似乎又添了几根，大概是为珍珍气白的吧？劝祖母大人不要气呵！第二个更可爱的你的弟弟或妹妹又将出世了呵！

附来一些书籍和此间的出版物给你，以供你课余之参考。

此祝

努力学习！

并问

祖母大人和你母亲近好

醉涵　字

史之华

先烈简介：

　　史之华（1914~1941），浙江长兴人。1929 年，毕业于湖州省立第三师范学校。1931 年"九一八事变"后，积极进行抗日宣传。1938 年，加入中国共产党。1940 年，任中共长兴县委书记。1941 年秋，在湖州牺牲。

给郑求是的题词

（一）

任何人都有缺点。缺点是可以克服的，只怕不觉得或不肯承认自己的缺点。我们已谈得很多，等着的是叫我们努力！！写给九如留别。

（二）
赠给微弟

要向别人学习，同时也要有东西给别人学习。

可以接受别人的影响，但更应给别人以好的影响。

需要有适宜的闲散和娱乐时间，但更须抓住进修的时机。

不只是应付工作，而是改进工作，否则将会变为事务主义者。

明知是坏习惯，而不想或不努力克服，是最大危机！

（三）

耐心，是事业成功的个人修养的必备条件，遇到困难，碰着艰苦，而烦躁、痛心、不安、动摇，不能耐心地、愉快地、从容不迫地应付，那他决没有一件事做得好。

待人以诚，只要他是朋友，应无分彼此。爱人不一定比朋友更值得自己牺牲，只要够得上做朋友，他以往即使有错误，和我即使有矛盾，但如今天情形已不同，就不应该再有成见。因为所谓仇敌，所谓朋友，决不是个人意气上之争论。

多发现自己的弱点，去克服，不要因为有一点点优点而当作了不起。

多和人家的优点去比较，少拿人家的缺点来显示自己的高强。

（四）

　　我们即将别了，但有再见的时候。我们没有寂寞，没有苦闷，我们要更坚定地工作。工作要我们离开，我们就是愉快的分手，但我们是在一起的。微弟！

何功伟

先烈简介：

　　何功伟（1915~1941），湖北咸宁人。1936 年，加入中国共产党。后辗转上海、湖北任重要职务。1940 年 2 月，任湘鄂西区党委书记。同年 8 月，任鄂西特委书记。"皖南事变"后，国民党顽固派在恩施地区发动了第二次反共高潮。1941 年 1 月，因叛徒出卖被捕。同年 11 月 17 日，在湖北恩施方家坝后山慷慨就义。

狱中歌声

——忆许云

黑夜阻着黎明，只影吊着单形，

镣铐锁着手胫，怒火烧着赤心。

蚊成雷，鼠成群，灯光暗，暑气蒸，

在没太阳的角落里，

　　谁给我们同情慰问？

　　谁抚我痛苦的伤痕？！

我热血似潮水的奔腾，心志似铁石的坚贞，

我只要一息尚存，誓为保卫真理而抗争。

呵！姑娘，去秋握别后，再不见你的情影，

别离为了战斗，再会待胜利来临。

谁知未胜先死，怎不使英雄泪满襟？！

你失了勇敢的战友，是否感到战线吃紧？

我失了亲爱的伴侣，也曾感到征途凄清！

不，姑娘，你应该补上我的岗位，坚决地打击敌人！

愿你同千千万万的人们，踏着我们的血迹前进！

呵，姑娘，天昏昏，地冥冥，用什么来纪念我们的爱情？

惟有作不倦的斗争。

用什么表达我的愤怒？

惟有这狱中歌声。

1941 年 10 月

吴沧波

先烈简介：

　　吴沧波（1920~1942），上海松江县人。曾就读于上海斯盛中学和良才补习学校，懂俄语、法语、日语等外文。1939年春，参加新四军。1941年"皖南事变"中不幸被捕，被关押在上饶集中营周田监狱，翌年被害。

我们不应该怕吃苦、耐劳，怕受气，青年人要像海燕一样，要向一切恶势力斗争不要消极、苦闷，奋发起来，创造你的新生，度过这艰苦的阶段，光明就在前面。严冬过去，就是明媚的春天

致弟弟

俭弟：

来信收到，钱与邮票均已收到，谢谢。

弟信上之意，我都明白，你有志赴内地，这崇高的志向，当然值得钦佩，非但不阻止你，而且还要鼓励你。但是，站在我的立场上，就得要劝告你，千万不要轻易妄动地离开，因为有许多原因，首先要有一笔庞大的旅费（起码要在千元以上），而路上手续之麻烦，非你所想象的（要有切实的担保），即使你到了目的地，工作问题之解决，恐怕比上天还难吧！即使你有知己的朋友介绍，但没有学识技能与工作能力也是枉然，一旦找不到事，在米珠薪桂的现在，哪一个来招待你的膳宿。假如你要考学校，这问题的困难，想你自己亦明了，

我郑重地告诉你，切不要不假思索地实行你的理想。你所问是什么收容所，就是同沪上一样的难民收容所。

我知道你充分不满意现实的生活环境，而感到苦闷，这是你最大的错误。生在廿世纪四十年代的我辈青年人，在这大时代中所赋给我们的残酷艰巨的任务，当然要切实地负起，我们不应该怕吃苦、耐劳，怕受气，青年人要像海燕一样，要向一切恶势力斗争。

我诚恳地告诉你，我们要坦白、真诚，不要虚伪、怕受气，爱面子，这种旧社会的残余是切不应该染传的。

我希望你，不要消极、苦闷，奋发起来，创造你的新生，度过这艰苦的阶段，光明就在前面。严冬过去，就是明媚的春天。

你应该为了你的前途应奠定你新生的基础，增进学识技能，锻炼你的思想。我不客气地批评你，数年来，你的进步实在太慢了！在你的信上，就可以看到，望你勇往迈进！

你应时常同沈明鉴通信，请他指示，我想比较妥当一些。

来信说要我帮助你赴内地之事，实在惭愧，我自顾不周，哪里还能顾及你。因自己各方面均差得很，所以，仍旧在训练。

蛉兄现在住何处，请告知，以便通信，明鉴兄近况如何亦请告知。

有很多的话要同你谈，因无暇多，爱下次再谈吧！

祝

进步

兄　吴沧波上

吴建业

先烈简介：

  吴建业（1913~1942），江西瑞昌人。1935年"一二·九运动"后，加入中华民族解放先锋队。1938年，入延安抗大学习，并加入中国共产党，曾在瑞昌、武宁一带组织抗日游击队，任副营长，后被派到江西丰城担任中国共产党丰城县委书记。1942年2月牺牲。

遗　嘱

上前去啊！同志们，

跨过我的死尸。

请不要忘记，当明天你们凯旋归来，

在我的坟上，你可以采撷一朵鲜花。

请插在你的枪口上，

把它带给全世界劳动的人们。

因为，这是我唯一的遗产。

杨炎宾

先烈简介：

　　杨炎宾（1921~1943），浙江台州人。1937年"七七事变"前后，组织烽火社，编辑出版《烽火》（月刊）、《快报》（日报），宣传抗日。1938年，加入中国共产党。1940年，任中共临海县委书记。1942年7月，在三门县被捕。1943年1月，在临海牺牲。

给陈昌镛的信

镛弟如握：

接手书不胜雀跃，谟是否已寄信来，为何迄今未收到？

本想当日作复，奈因近日诸事繁忙，每于执笔时脑中千头万绪，而那些过往的事又在我的脑中想起来，因此在纸上没有写上几个字，我就只好搁笔三叹了！

这里文化食粮恐怕比你处还要缺乏，主要的原因：一是交通不便，二是经济拮据。补救办法是：借报纸来看，借杂志来看，尤其是要温习那些旧书，因为那里面是有不少的值得研究的东西。要紧的还是要你自己去想法，不要因为一时无法就不再设法。固然，以前在一块的伴侣是东散西走了，但是我们自己应该去找新的知己的伴侣，孤独的人的生活是相当难堪的。因此，我深切地望你们自己能够很好地团结与共同地学习，这样进步是很快的。如果家庭需要我们照顾，我们当然是应该尽可能地照顾它，但是不要因家庭而放弃了自己的学习，这样是不对的。爱弟，我们还年轻，我们好像春雷过后的草那样地长大起来，我们也好像春笋一样地一定要从泥土中长出地面来。只有那些平庸的人才是终生为了金钱、家庭而忙碌。爱弟，我们还年轻，我们没有像年老的、孱弱的人那样容易死去，虽然我们是随时可以死，但这不能是自杀，这只能是光荣的死！爱弟，我们是青年，我们就该有坚强的自信力，就该加紧对自己的修养，要学习，要相信我们并不是没有前途的人。

我近来生活是较前为好了，但是苦命的人是离不了忙碌的，也许这是我们青年人注定的命运吧！我父近来病况如何？去年遭炸损失如何？家中经济现状如何？娥妹有否读书？家中对我之婚姻有何态度？佳兄有信来否，现在何处？老先生近来生活如何？等等，均望我弟抽暇告知，以免我心中切念！谟弟均此不另。

　　即祝

春祺！

鹤握手

废历二·十二日写

三月十一日发

朱学勉

有　感

男儿奋发贵乘时，莫待萧萧两鬓丝。

半壁河山沦异域，一天烽火遍旌旗。

痛心自古多奸佞，怒发而今独赋诗。

四万万人同誓死，一心一德一戎衣。

　　注：这首诗是朱学勉在 1937 年抗日战争全面爆发时所写。作者号召有志男儿响应时代的召唤，奋发有为，承担起拯救民族的重任，希望全国人民团结起来，万众一心，同仇敌忾，奔赴前线，将日寇驱出国门！

邹韬奋

先烈简介：

邹韬奋（1895~1944），江西余江人。1922 年，在中华职业教育社开始从事教育和编辑工作。1926 年，接任《生活》周刊主编，力主正义舆论，抨击黑暗。"九一八事变"后，反对国民政府的不抵抗政策。1932 年 7 月，成立生活书店，先后出版数十种进步刊物和包括马克思主义译著在内的 1000 余种图书。1933 年 1 月，加入中国民权保障同盟。1936 年 11 月，被国民党当局逮捕，成为著名的"救国会七君子"之一。全面抗战爆发后，创办了一系列以抗战为主题的刊物。1943 年，因患病秘密返沪就医。1944 年 7 月 24 日不幸逝世于上海。9 月 28 日，中共中央追认他为中国共产党正式党员，对其一生及其从事的事业给予高度评价。

倾 诉（节录）

…………

我看完了王女士的这封信，受到很深的感动，因为她的话实在是反映着无数纯洁青年的心意。

张柳泉女士的自杀，我们感觉到非常的伤悼，在上期笔谈里曾经略有表示了。有一部分前进青年听到柳泉女士自杀的新闻，觉得她死得不值，不该学她那样死去；也许还有一部分青年因为悲愤于现实的压迫与困难，还不如自杀的痛快，换句话说，也许隐隐中受了柳泉女士这个不幸事件的暗示，有跑上死路的危险，尤其是因为柳泉女士是个前进的青年，是个好学生，是个爱国者，引起人们的无限同情，在无限同情中也许要掩蔽到自杀这件事的错误。但是这个错误我们却应该明白指出，希望全国青年注意的。我们承认中国民族是在最艰危的时代，也承认参加救亡运动有着种种的困苦艰难。但是正因为中国民族是在最艰危的时代，所以需要我们格外努力来共同奋斗；在奋斗中有着种种的困苦艰难，这是必然的，不是偶然的；倘若我们不准备和这种种困苦艰难斗争，反而想要逃避它，那就根本不必要爱国救国。一瞑不视是能够克服困难呢？还只是逃避困难呢？这个答案是很显然的，那么我们对付困难应该坚守着什么态度，也是很显然的了。

可是无论怎样前进的人们（当然包括青年），因为复杂社会的熏陶与反映，在他们的很前进的意识之外，往往还残存着或潜伏着一些错误观念，时时在那里作祟，你一不留神，这些错误观念便要战胜前进的意识，也就是王女士所谓“一个错误念头攻上心头便跌下去了”。所以我们所要注意的是要在实践中时时克服这些暗中在那里作怪的错误观念。我说“实践”，因为思想的前进，并不是仅仅看几本书就算数，还须在实践中运用体验。如果我们虽在书本上懂得着的理论，而在实践中却不知道运用，不留心体验，那还是不能算真正懂得。我说“时时”，因为一次克服了错误观念还不够，那潜伏着的错误观念遇着我们的防线松懈的当儿，还是要作怪的，所以我们要时时在实践中去克服它。像柳泉女士那样前进的好青年，所以会自杀，还是由于在那刹那间错误观念的作怪，战胜了正确的思想。

否则不满，烦闷，只应该使我们更坚决地向前奋斗；不应该使我们逃避困难，一瞑不视。我们不但不应该因柳泉女士的自杀而被暗示到"死了干净"，反而要格外醒悟，时时提防"错误念头"来"攻上心头"，使自己不要"跌下去"！

王女士对于柳泉女士的自杀，一方面痛惜她，一方面却不以她的自杀为然，这足见王女士的思想正确，是很可敬佩的。但是她有时还免不了这样的感觉："当我感到事事使人失望，惹人烦闷的时候，便又懊丧欲死！"这便是在她的正确的思想里面，还时有"错误念头"在那里作怪，必须加以克服的。其实我们大家都不免时时受到残存的潜伏着的"错误念头"的进攻，都要时时在实践中克服它。

王女士在上面所引的几句话后面，接着说："这个时候，唯一挽住我的脚跟的力量是家庭的天伦之乐。"她又说："只要有一个时期下个决心说：'我不要父母和弟妹了！'我们便都会如柳泉女士那样一般地偷偷地把自己毁灭！"我觉得父母弟妹之爱固可宝贵，但是我们有我们的生的任务，并非专为"父母弟妹"而生的。我们对人生果有正确的观念，无论"父母弟妹"如何，我们还是要在实践中时时和"错误念头"抗斗的。

最后谈到教育者的责任的那句话，那很显然的是诡辩。学生既是"群众"的一部分，当然不能被摈于"群众救国运动"之外。教育者在国难中所教的"学业"也应该把所教的内容和救亡运动联系起来，而且对于学生的参加"群众救国运动"只应立于指导的地位，不应立于压迫的地位。

彭雪枫

先烈简介：

彭雪枫（1907~1944），河南省镇平县人。1926 年，加入中国共产党。1930 年，开始武装斗争生涯，在中央革命根据地参加了第一次至第三次反"围剿"作战。长征到陕北后，任陕甘宁支队第二纵队司令。"七七事变"后，任八路军参谋处长兼驻晋办事处处长。1938 年，任河南省委军事部长。东进抗日后，任新四军游击支队司令。1941 年"皖南事变"后，任新四军四师师长，1944 年 9 月 11 日，在河南夏邑八里庄战斗中牺牲。

给赵运成同志的题词

要想克服你自己的缺点，要学习别人的好榜样，要和人家合得来，要使你周围的同志都是你的好朋友。

送 赵运成小同志

注：赵运成是彭雪枫同志的警卫员，由于赵运成同志年龄小，脾气傲，彭雪枫同志经常教育帮助他，这个题词，彭雪枫同志写在他的日记本上，勉励他学习别人的长处，和同志们搞好团结。

费 巩

先烈简介：

费巩（1905~1945），江苏吴江人。1931 年，从英国牛津大学取得硕士学位，取道苏联回国，后曾先后在复旦大学、浙江大学任教。抗战开始后，随浙江大学西迁贵州遵义。1940 年，出任浙江大学训导长，关心学生生活，倡导民主。后投身爱国民主运动，抨击国民党腐败统治，赢得了"民主教授"的称誉。1945 年 3 月 5 日凌晨，被秘密绑架，后被杀害。

日记（节选）

昨刚复先生言教部中人因据人报告，洽周在中训团发言稍不慎，致予注意。洽周所言极导常而已，如此注意，闻之既然。今日之局，无非欲造成阿谀歌颂而已，一毫直言容许不得，政治更何来澄清之望。

晚餐后陈平章、李昌文二生来告，欲往从军，问余意见，余颇赞许。谓可至军队担任政训工作，以理想灌输军人；并言学要为己，仕要为人，应有乐观之态度，悲剧之精神，苟利国家人民，可以生死以之，不能存分毫为自己名利打算之心。

1944 年 1 月 13 日

张露萍

先烈简介：

张露萍（1921~1945），四川崇州人。1937 年，在成都读中学时，加入党的外围组织"中华民族解放先锋队"四川总队，积极投身抗日救亡宣传活动。同年 11 月，在共产党人车耀先和党组织的帮助下，奔赴延安。1938 年 10 月，加入中国共产党。1939 年，打入军统。1940 年春，被捕。1945 年 7 月 14 日，在贵州息烽牺牲。

短　诗

前程是天上的云霞，

人生是海里的浪花，

卿！莫愁徊，趁这黄金的时代，

努力向着你的前途，

发出你灿烂的光华！

黎·穆塔里甫

先烈简介：

  黎·穆塔里甫（1922~1945），维吾尔族，新疆伊犁尼勒克县人。1939 年到乌鲁木齐求学，1941~1943 年，在新疆日报社工作，受到中国共产党的影响，大量创作革命诗歌。1943 年秋，被国民党反动当局调到阿克苏报社，但仍继续进行革命活动。1945 年，参与组织反对国民党的"火星同盟"，并准备组织农民武装起义，不幸被捕牺牲。

给岁月的答复

时间太匆忙，一点也不肯停留，

岁月便是时间的最快脚步。

畅流的水，破晓的黎明依然清晰，

疾驰的岁月却是窃取寿命的小偷：

窃取后，头也不回地

一个追着一个，匆忙逃走。

在青春的花园里听不到黄莺拍翅，

树叶枯萎凋零，树枝变成秃头。

青春是人们最美妙的季节，

然而它又是何等短暂。

当你撕去日历上的一页，

便会预感到青春的花朵凋落了一瓣。

岁月之风在飘舞，落叶掩盖了大地，

落了叶的树显得格外可怜……格外悲凄。

岁月，那么慷慨地给姑娘们带来了皱纹，

给男子们带来了满腮的胡须。

但是，不能咒骂岁月，

让它流过去吧，这是它必然的规律。

人们不会放松时间，

把戈壁变成绿洲的还是人们的双手。

岁月的胸襟辽阔，机会无穷，

山一般重大的事还是在岁月里耸立。

你瞧，昨夜还那么幼小的婴儿，

啊，今天他就会站起来走路了！

战斗的人们追随着战斗的岁月，

一定会留下他战斗的子孙；

昨晚为幸福而牺牲的烈士墓上，

明天一定会布满悼念他的花丛。

尽管岁月给我带来了胡须，

但我会在岁月的怀抱里锻炼自己。

在我面前败走的每个岁月里，

早已铭刻了我的创作——不朽的诗篇。

在斗争激烈的时候，我决不会衰老，

我的诗，像天空的繁星在我面前闪耀。

我时时不会忘记，坚忍—果敢就是胜利，

在战斗重重的陡坡上，死亡对我是何等渺小，

我要跟射手们牵起手来，

在前进的道路上紧紧地跟随旗手，

在战斗的疆场上始终不显出疲惫；

我要走遍一切走向胜利的道路。

岁月，你别得意地擂胸狂笑，

在你面前我宁肯断头，绝不受你凌辱。

你别为了催我衰老而过分地枉费心机；

我会把我的儿子许给最后的决斗。

岁月之海，尽管你的浪涛那样汹涌起伏，

我们的舰队一定会突破你的浪头。

尽管你以飞快的速度想恫吓我们，

但是，创造必定会使你衰老——

这就是我们对你的答复。

1943 年乌鲁木齐

潘琰

先烈简介：

　　潘琰（1915~1945），江苏徐州人。1937 年底，参加第五战区的"抗战青年干部训练团"。1939 年夏，加入中国共产党。后考入西南联大师范学院。抗战胜利后，积极投入到反对内战、争取民主的各项活动中。1945 年 12 月 1 日，在昆明牺牲。

给二弟的信（一）（节录）

二弟：

…………

　　亲爱的弟弟：我很同情你的遭遇，但是生长在这种不良
的社会制度里，有千百万的人和你相同呢？……再从学习方
面说，只要你自己不甘落伍，有了弟妇的鼓励，有了精神的
安慰，有了督促，只会使你上进！二弟：人生的境遇是复杂的、
波折的。一个有魄力的青年在需要和可能的时候，应当彻底
改造，在万不能改造的时候，也应当尽力地改善。消沉和叹气，
那都是弱者的行为。亲爱的弟弟！我希望，我相信你是一个
有为的青年，不要把自己埋没在悲痛的深渊里！

…………

握手

姊　琰草

3.17

给先妹的信（节录）

先妹：

天天的都是为了你的瘦弱的身体担心……现在你是中学

生了……

先妹，多努力！不用自满于一时或一期的成绩的良好，

要永远地保持着你都是站在人家的前面，这是无上的光荣！

……你每天除了在上课、做练习外有没有空的时间？

空的时候做些什么事？课外如有可看的书应当多看，字也要

多写。我现在就觉得我的字太不成样子了，就是平时少了练

习的原因。现在每天早上我还在练字呢，就是我的时间太少

了……

握手

姊　琰草

十一月二十七日

青春寄语：

青年、幼年人非精神饱满、做事愉快而勤谨不可。不然，就是一个没有希望的家伙了。愈勤愈有力，愈懒愈昏庸，你们多多地警惕啊

给弟弟妹妹的信（一）（节录）

先妹、琛弟：

…………

在夏天最好早起，早上很凉爽，既可以读书，又可以写字，否则，那就太可惜了。"朝气勃勃""暮气沉沉"懂不懂？懂吧？他们把青年比作早晨，老年人比作黄昏。早上是最有希望而最良好的时间，黄昏过了就是黑夜，到了黑夜就像一个垂死的人，能做什么呢？因此，青年、幼年人非精神饱满、做事愉快而勤谨不可。不然，就是一个没有希望的家伙了。愈勤

愈有力，愈懒愈昏庸，你们多多地警惕啊！

　　……你们暑假中的生活好吗？要想习作有秩序，自己就定个作息表好了。

　　…………

　　再会

握手

姊　琰草

七·九

给二弟的信（二）（节录）

二弟：

六月中接到你四月的来信，我真欢喜极了……

你现在还在店中吧？也很好，店中的情况如何？在社会
上做事，第一个是交朋友的问题，因为一个人的力量有限，
朋友们互相帮助是需要的，这是在事业上说。第二做学问也
少不了朋友，朋友们的指示与共同的研究学习是很重要的。
就是在品行上，朋友也可互相标榜。朋友是分两种的，所谓
益友与酒肉朋友。你当然晓得益友好，我也相信你不会交那
种酒肉朋友，但是还是要谨慎的。一个人不能没有朋友，没
有朋友是孤立而无援助的人，也是寡闻的人，那只有不出家
门口。如果你既然做事又怎能不与人接触呢？好朋友不一定
都是有钱的人；穷苦的人才会了解穷苦人的生活，患难中的

朋友才是可贵的。所谓的友多、友善、友多闻是交朋友要多，但是非交好朋友不可，而且是要交有学问、有知识的人。希望二弟多加小心。

　　想起了惠妹，我真是又感激，又觉得她太劳苦，听得惠妹又以贤惠出名，而又感到快乐。真是难得啊！你想由惠妹一人的位置而可决定我们的苦与乐，如果不幸是一个凶狠泼毒的人，处在这上有老母下有妹弟的家庭中，那我们大家都完了。幸而是能任劳任怨、乐贫穷的惠妹，我们家中才现出了一团融融的气象。这也是大家的幸福！希望你们永远地和好下去。

　　…………

　　握手

惠妹均此不另

姊　琰草

七·九

给弟弟妹妹的信（二）（节录）

亲爱的弟弟妹妹：

我现在以极愉快的心情给你们写这一封信……

琛弟什么时候进的中学，那真好极了。你写的信很好，只是别字多一点，多留心更好了，你现在对哪门功课有兴趣？哪一门功课比较有把握而在平时考得好一点呢？我仿佛觉得我喜欢运动似的，是不是这个样子？身体是重要的，我一直到现在还喜欢运动，下课无事就打鸡毛球，我不晓得你欢不欢喜这个玩意，读书和玩的兴趣在我是平等的。也就是说我对读书的兴趣也很浓厚的，我希望你们都如此。至于读书方面的问题，我可以给你谈谈。

读书要像细雨一样，一点一滴地浸入。这绝不是像今天读，明天不读，考试的时候开夜车，考过了就把书一丢，这样永远也得不到什么。

首先要养成读书的习惯，只要有闲暇，就要看书。这个我可以告诉你，我们这儿就是这样的。在早上等吃豆浆的时候，多少人随身都带了一点书或报纸、杂志，豆浆没有好，都低了头在看书。下了课，坐在草地晒太阳也在看书……总之，只要有了空就看书。然而这绝不是有人督促或者为了考试。这看书都是出于自心的。虽然说是一分一秒的时间，这若干的一分一秒，聚集起来也实在可观了！

至于说到看什么书，我以为课内的书要看，课外的书也要看，报纸杂志也要看，不过看的时候要多想，不要"莫明其妙"地看过去就算了，最好做笔记。现在就试试看，待我们见面了再细谈。

…………

在一年前就听说先妹不上学了，不过我对你的读书，在形式上说（不管在校或在家中自修）无多大意见，其实都一样，若以来去的劳苦一点来说，毋宁还好一点。然而在家中是一定有几个条件的。第一是恒心，第二要有耐性。让我好好地解释给你听。为什么要有恒心——人都是爱懒的，非要有个督促不可。在学校中，当然是不用说，各科有各科的先生，同时有月考、大考，你不能不用心。不想读，为了预备考试，为了得60分，也得皱着眉头看下去。可是在家中就不同了。看不看在你自己，没有先生来督促你，没有月考、大考来逼着你，一切都在你自己。如果没有恒心的话，那什么都完了。

还有一点是自修时可能困难更多，有了困难无人请教，找不出解答，那更苦恼了，所以非要耐性不可！

自修固然是不容易，若真的能安心下去，他可以得到的效果，确比在学校中的成效还大得多。在学校中第一不管你喜欢不喜欢的功课都要读，起码要读及格。至于自修就是单看你性情相近的那一科了。这在时间上是非常经济的。你用不着把时间用在你不高兴的东西上。我愿意帮助你，希望你能提出你的读书的问题来。

握手

问候惠妹

姊　琰草

10.28

李兆麟

先烈简介：

    李兆麟（1910~1946），辽宁辽阳人。"九一八事变"后，积极开展抗日救亡活动，后回东北组织抗日义勇军。1932年，加入中国共产党。1933年，调中共满洲省委军委工作，参与创建东北抗日游击队。1937年，任北满抗日联军总政治部主任。抗日战争胜利后，以中共代表身份任滨江省副省长，兼任哈尔滨市中苏友好协会会长等职。1946年3月9日，被国民党特务杀害。

致哈尔滨医大全体同学

军医大学全体同学们：

在我们离别短短期间中，兄弟我是无日不在想望着一群天真活泼、进步有为如小弟弟一样的你们。我曾多次准备往访你们新建设起来的校址，并和小弟弟们在一起畅谈畅谈，但这种意图，终归在工作繁忙，脱不开身子的形势下而遭受阻拦，这不能不使我为之遗憾。

同学们！你们现在已毅然踏上了进步的途径——探求真理的大道。在这漫长的路子上你们也将要遭遇到不可避免的、凸凹不平和滋长着荆棘难走的地方，但这一切呈现在你们面前的困难，你们都会毫不畏馁地，以自己坚忍不拔的精神消除和克服下去，在革命的路途上大踏步迈进。诚然，目前的国内局势在政协会议之后稍有转机，我们也将或取得合法生存和可能民主的权利，然我们决不能以此微微的胜利冲昏自己的头脑，我们要加倍警惕变成盲目乐观的牺牲者——要屹立在还没有完全为之肃清，仍然有着强大势力的反动者们的面前继续斗争下去，在斗争中来巩固既成之和平，更在不断的斗争中取得真正民主，和实现我们远大的理想。

这里，在我们共同信仰的旗帜下，我应该提示给同学们，你们要本着——"学习，学习，再学习"的信条来充实和武装起自己的头脑——不仅在业务上，同时也要向政治、军事、经济、文化……一切进步的科学知识钻研。

同样的，在你们实习的和工作的岗位上，你们更应具备着为革命、为人民服务的信念。不可掩辩的多种多样的困难是会在你们的实际工作中接连不断地发生，例如：那些生活上的艰苦，待遇上的低劣，医药器材之缺乏，有时首长对你们关心照顾得不够，病院里个别伤病员由于认识上的缺陷，和伤势疾病的苦痛，对你们发牢骚、说怪话，甚至讲出使你们听了刺耳的诅咒句子。特别是在你们与伤病员的关系上，会使你们有时感到不愉快，但是，你们应该知道，这种关系是会在你们的积极努力下逐渐改进的。在你们的革命医学事业上，你们不仅要给予他们以医药上的治疗，而更应施以精神上的治疗，你们要帮助和教育他们，使之很快弥补起存在在认识上的缺陷，这样才算述尽你们应有之职责，也只有这样才会使你们与伤病员之间的隔阂消除，和胜任愉快地去工作。

最后，我应向同学们指出，你们的学生自治会应急速地、积极地把同学的意见汇集一起，向上级领导提出自己的主张和要求，在条件允许下使你们的困难尽可能地减少，并积极领导全体同学为革命的事业做出最大的努力。

谨祝
全体同学胜利前进！

李兆麟　手书

二月十日

邓 发

先烈简介:

　　邓发(1906~1946),广东云浮人。无产阶级革命家、忠诚的马克思主义者、中国工人运动的先驱和领袖,中国共产党安全保卫工作的开拓者之一。1922年,参加香港海员大罢工。1925年,参加省港大罢工,同年加入中国共产党,后参加北伐。1931年,曾担任中华苏维埃共和国临时中央政府国家政治保卫局局长。1940年初,任中共中央职工运动委员会书记,主持创办《中国工人》月刊。1946年4月8日,同博古、叶挺等人一同返延安时因飞机失事遇难。

致邓碧群的信

碧群：

抗战八年，我虽未死于战场，但头发却已斑白了，但我比起遭难的同胞、战场牺牲之英雄，不但算不得什么，而且感到无限惭愧！国家所受破坏是惨重的，人民的牺牲，房屋的被蹂躏，这一切固然付出了巨大的代价，然而中华民族不但在东方而且在全世界站立起来了。倘若国内和平建设十年八年，中国就会成为世界头等强国，人民生活文化将大大地提高。国家未来的伟大前途都寄托在你们青年一辈的身上。现在你在高中肄业当然很好，如果可能的话，我希望你能进大学。同时希望你除功课之外，应多阅些课外书籍和文学著作，以增加一些课外知识。

宏贤叔父在努力办学，这是个好消息，你若有暇，应帮助叔父，一则可以锻炼办事本领，二则可予叔父一些鼓励。我不敢对你有所指教，只提供一点意见作你参考而已。

兹附上照片两张以作纪念！在不妨碍你功课条件下，望常来信为盼！

顺祝

学习进步

元钊

一月廿一日草于渝市

花喜露

先烈简介：

　　花喜露（1913~1946），满族，辽宁盖州人。1930 年，考入奉天省立第一高中，后转入省立第三师范学校。1934 年，在盖平归州国民优级学校任教。1936 年，组织成立了"鲁迅文学研究社"。全面抗战爆发后，发行进步文学刊物《行行》《星火》，后参加党领导的进步组织"东北青年救亡会"。1944 年，加入中国共产党；4 月 28 日，不幸被捕，在狱中坚贞不屈。抗战胜利出狱，因在狱中遭病痛折磨，于 1946 年 6 月13 日病逝。

朝会歌

朝霞灿烂，一朵太阳红，光华雄浑照碧空。

雾色锁川原，川原形势雄，龙盘虎踞无终穷。

请看我山河，山河真光宠；请问我责任，责任真綦重。

用我好身手，趁此晨光熊，砥砺磨砻，使我精力充。

他日破浪乘长风，宇宙任驰骋，好友好友莫等闲，一刻
千斤重！

注：1934 年，花喜露从省立第三师范学校毕业，在盖平归州国民
优级学校任教，这期间写了这首《朝会歌》。

闻一多

先烈简介：

    闻一多（1899~1946），湖北浠水人。1912 年，考入北京清华学校。1922 年，赴美留学，先后在芝加哥美术学院、科罗拉多大学美术系学习。1925 年回国，任北京艺术专科学校教务长。1930 年，任青岛大学文学院院长。1932 年回到北京，任清华大学中文系教授，投入中国古典文学的研究。抗日战争时期，任西南联合大学教授。1943 年，积极投身争取民主的斗争，后参加中国民主同盟。1946 年 7 月 15 日，在李公朴追悼会上发表讲演后被国民党特务暗杀。

败

毕业后十二年，又回到母校，碰上第五级同学将毕业，印行年刊，要我几句话作纪念。这话应该有的是可说说的。真的，话太多，不知从何处说起。所以屡次抵赖，想索性不说了，正因这缘故。

要当兵，先去报名入伍，检验体格，及格了，才算一名入伍兵（因为体格不合，以及其他的关系，求当兵而当不上的多着呢！）。三个五个月不定，大早上操，下半天上讲堂，以后是野外实习，实弹射击。兵丁入伍以后，营盘里住下一年半载，晓得步法、阵势、射击等等，但是还算不得一个兵。要离开营盘，守壕冲锋，把死人踩在脚下，自己容许也挂了彩，这人才渐渐像一个兵了。什么时候才真正完成当兵的意义？打了败仗，带着遍体的鳞伤回来，剩下一丝气息，甚至连最后的这一点也没有，那也许更好。一个兵最大的出息，最光明的前途，是败，败得精光。

朋友们，现在我欢送你们这支生力军去应战。三年五年，十年八年后，再遇到你们，要看见你们为着争一个理想而赢来的那遍体的鳞伤。去了！我祝福你们——败！

可讲的话虽多，但精义已包括在这里了。恭维的话，吉利的话，是臭绅士的虚伪，我鄙弃，想你们也厌恶。

民国二十二年三月十日

可怕的冷静

　　一个从灾荒里长成的民族，挨着一切的苦难，总像挨着天灾一样，以麻木的坚忍承受打击，没有招架，没有愤怒，甚至没有呻吟，像冬眠的蛰虫一般，只在半死状态中静候着第二个春天的来临——这样便是今天的中国，快挨过了第七个年头的国难，它还准备再挨下去，直到那一天，大概一觉醒来，自然会发现，胜利就在眼前。客观上，战争与饥饿本也久已打成一片了，因此，愈是实质的战斗员，愈有挨饿的责任，不像人家最前线的人们吃得最好最饱，我们这里真正的饿莩恰恰就是真正的兵士。抗战与灾荒既已打成一片，抗战期中的现象，便更酷肖荒年的现象了。照例是灾情愈重，发财的愈多，结果贫穷的更加贫穷，富贵的更加富贵。照例是灾情严重了，呼吁的声音海外比国内更响，于是救济的主要责任落在外人身上，而国内人士，相形之下，便愈能显出他们那"不动心"的沉着而雍容的风度了。现在一切荒年的社会现象在抗战中又重演一次，不过规模更大，严重性更深刻些罢了。但是说来奇怪，分明是痼疾愈深，危机愈大，社会表层偏要装出一副太平景象的面孔。配合着冠冕堂皇的要人谈话和报纸社评的，是一般社会情绪——今天一个画展，明天一个堂会，"顾左右而言他"的副刊和小报一天天充斥起来。内容一天比一天软性化。从抗战开始以来，没有见过今天这样"众人熙熙，如享太牢，如登春台"的景象，这不知道是肺结核患者脸上的红晕呢，还是将死前的回光返照！

一部分人为着旁人的剥削，在饥饿中畜生似的沉默着，另一部分人却在舒适中兴高采烈地粉饰着太平，这现象是叫人不能不寒心的，如果他还有一点同情心与正义感的话。然而不知道是为了谁的体面，你还不能声张。最可虑的是不通世故而血气方刚的青年，面对这种事实，又将作何感想？对了，怕动摇抗战，但饥饿能抗战吗？粉饰饥饿就是抗战吗？如果抗战是天经地义，不要忘记当年的青年，便是撑持这天经地义最有力的支柱，可见青年盲目而又不盲目，在平时他不免盲目，在非常时期他却永远是不盲目的。原来非常时期所需要的往往不是审慎，而是勇气，而在这上面，青年是比任何人都强的。正如当年激起抗战怒潮的是青年，今天将要完成抗战大业的力量，也正是这蕴藏在青年心灵中的烦躁。这不是浮动，而是活力的脉搏。民族必须生存，抗战必须胜利，在这最高原则之下，任何平时的轨范都是可以暂时搁置的枝节。火烧上了眉毛，就得抢救。这是一个非常时期！

如果老年人、中年人能负起责任，那自然更好，但事实上，战争先天的是青年人的工作（它需要青年的体质和青年的热情），所以如果老年人、中年人肯负起责任，也只是参加青年的工作，或与青年分工合作，而不是代替青年的工作。战争既先天的是青年的工作，那么战时的国家就得以青年的意志为意志，虽则在战争的技术上，老年人、中年人的智慧也是不可少的。

从抗战开始到今天，我们遭遇过两个关键：当初要不要抗战，是第一个关键；今天要不要胜利，是第二个关键。而第一个关键本来早已决定了第二个，因为既打算抗战，当然要胜利。但事实上目前的一切分明是朝着与胜利相反的方向发展，所以可怪的，是一部分人虽然看出方向的错误，却还要力持冷静，或从一些烦琐的立场，认为不便声张，不必声张。眼看青年完成抗战，争取胜利的意志必须贯彻，然而没有老年人、中年人的智慧予以调节与指导，青年的力量不免浪费。万一还有人固执起来，利用他们的地位与力量，阻止了青年意志的贯彻，那结果便更不堪设想了。时机太危急了，这不是冷静的时候，希望老年人、中年人的步调能与青年齐一，早点促成胜利的来临！大众的坚忍的沉默是可原谅的，因为他们是灾荒中生长的，而灾荒养成了他们的麻木，有着粉饰太平的职责的人们是可原谅的，因为他们也有理由麻木。可是负有领导青年责任的人们，如果过度的冷静，也是可怕的，当这不宜冷静的时候！

罗世文

先烈简介：

　　罗世文（1904~1946），四川威远人。1923 年，加入中国社会主义青年团。1925 年，赴莫斯科东方大学学习，并加入中国共产党。1931 年，任中共四川省委书记。1933 年，前往川陕革命根据地，后任中共川陕省委委员，曾对张国焘的一些错误提出批评而受到迫害。1938 年，任中共川康特委书记。1940 年 3 月，在成都被国民党特务逮捕。1946 年 8 月 18 日惨遭杀害。

别渝留赠张弟

同窗萤火十三年，贫富原来不共天。
请命为民惟正义，王侯蜣蚁似云烟。

南浦凄清字水秋，励余书剑出梁州。
长空奋翮苍鹰翼，千古大江日月流。

注：1925年9月，党组织决定派罗世文取道上海赴苏联留学，这
首诗是即将离开重庆时写给堂弟罗世良的。张弟，即罗世良。

车耀先

先烈简介：

车耀先（1894~1946），四川大邑人。1929 年，加入中国共产党。入党后，一直从事党的军运工作和抗日救亡运动。1937 年 1 月，创办《大声周刊》，积极从事党的上层统战工作。1940 年 3 月,在"抢米事件"中被捕，被关押于贵州息烽、重庆渣滓洞等监狱。1946 年 8 月 18 日，牺牲于重庆歌乐山松林坡。

青春寄语：

出身贫苦，不可骄傲；创业艰难，不可奢华；
努力不懈，不可安逸。能以"谦""俭""劳"
三字为立身之本，而补余之不足；以
"骄""奢""逸"三字为终身之戒，而为一
个健全之国民

给子女的遗书（节录）

民国二十九年三月，余因政治嫌疑被拘重庆，消息不通，与世隔绝。禁中无聊，寝食外辄以《曾文正公家书》自遣，遂引起写作与教子观念。因念余出身劳碌，磨折极多，奋斗四十年，始有今日，儿女辈不可不知也。故特将一生之经过写出，以为儿辈将来不时之参考。使知余：出身贫苦，不可骄傲；创业艰难，不可奢华；努力不懈，不可安逸。能以"谦""俭""劳"三字为立身之本，而补余之不足；以"骄""奢""逸"三字为终身之戒，而为一个健全之国民。则余愿已足矣，夫复何恨哉！？

徐 玮

先烈简介：

    徐玮（1920~1946），女，湖南湘潭人。1938 年，加入中国共产党。曾参加新安旅行团，开展抗日救国的宣传活动。1946 年回长沙，助其兄徐汉卿恢复求知书店，开展革命活动，8 月 15 日被长沙军统特务逮捕，经受严刑拷打，坚贞不屈，后惨遭杀害。

赠 友

在你生命的季节里，

永远是美丽的春天！

心底的花朵，

开放得多么鲜艳！

世界对你没有烦恼与忧郁，

你永远怀着一颗天真的心田！

朱　瑞

先烈简介：

　　朱瑞（1905~1948），江苏宿迁人。无产阶级革命家，中国人民解放军炮兵奠基人。1924 年，加入中国社会主义青年团。1928 年，加入苏联共产党，后转为中国共产党党员。1930 年春，任中央军委参谋科参谋、长江局军委参谋长兼秘书长等职。1934 年，参加长征。1937 年，任中共中央北方局军委书记，负责军事和统战工作。1939 年，任中共中央山东分局书记。1946 年，任东北民主联军和东北军区炮兵司令员，兼炮兵学校校长。1948 年 10 月 1 日，在辽沈战役攻克义县战斗中牺牲。

山东青年的当前任务（节录）

今天是"五四"，这正是中国的青年节日！

中国的青年和青年的中国，几乎是从"五四"以来同时壮大起来的。大家都说："中国解放在青年。"是的，革命的任务把中国的青年和青年的中国的命运融合在一起了，而且是永远融合在一起的！

现在是抗战。中华民族的厄运，正与青年的厄运不可分解。中国的解放才是青年解放的开始！解放了青年，正是中国解放的一部分。所以青年不但应站在中华民族一般解放的第一线，也应站在民族自卫抗战的第一线。

抗战已到相持阶段。妥协投降是主要的危险。克服困难，转换局势，坚持抗战团结和进步，不但是全民的任务，而且尤其是青年的任务。因为青年和中国的命运是永远融合在一起的呵!

这些任务之于山东的青年，也绝无例外!

…………

因为中国青年的解放，是与民族解放不可分解的。青年只有成为抗战的、参战的和坚持统一战线的模范，才是更好地解放自己的办法。

…………

青年应干进步的和救国的事业，永远站在进步的方面，向不进步、不抗日、专事摩擦的顽固派筑成一条青年的抗日的统一的防御战线，坚持抗战，坚持团结，坚持进步。模范的青年、中国的好儿女，应以侧身顽固行列中为耻，因为，谁愿意替顽固分子背黑锅呢?

…………

青年要努力地学习，学习什么? 学抗日的政治知识，学社会的科学理论，学习识字，学习娱乐与工作，学习成为一个很好的革命的战士和中国将来的健全的主人等。青年不但自己学习，还要教人家学习，教人家读书、识字、工作及明了革命的道理。每个青年都要做学生或做先生，或同时做学生又要做先生!

青年要努力生产，为什么要生产? 努力自己生产或参加生产，才能改善自己生活与裕充抗战的经济，才能逐渐提高及创造青年在家庭与在社会里的独立经济作用和受人尊敬的家庭和社会的地位！这种生产的工作，就是青年生活改善的斗争，它对青年是非常重要的。因为这样能更好地培养青年在多方面（政治的、经济的）成为将来事业的更好的接替人！青年不但要为自己生活的改善生产、工作和斗争，还应为一般青年集体的生活改善而斗争。青年应有权利生存、吃饭、穿衣、工作、受教育和进步。而青年也只有以自己集体的积极的斗争，才能取得一般社会的援助，才能获取青年自身生活的改善，政治地位的提高。每个青年应积极参加生活改善的斗争，或参加斗争并领导斗争！

这就是相持阶段中，山东青年的当前任务！

艰苦伟大的一九四〇年在向前飞奔，山东抗战重大的担子在青年的肩上。努力完成这些任务吧，青年的小伙子，抗战的朋友们！

我们永远和中国的命运融合在一起！我们永远站在民族解放的第一线！

成贻宾

先烈简介：

　　成贻宾（1927~1949），江苏宝应人。中央大学电机系学生。1949年4月1日，为反对国民党顽固派"假和平、真备战"的阴谋，参加游行示威时，被特务殴打，身负重伤，于4月19日牺牲。

青春寄语：

一个新生，一定是爱国家、爱民族的。同时也是爱父母、爱师长、爱一切可爱的人的。

致彭毓芬

芬：

心中的话，郁积了有一个多月了，不用你催，我自己也耐不住了。讲吧，妹妹，请你停一停手中的工作，花上几分钟来读远地的情人给你的甜蜜的信吧！

远的不谈吧，咱们谈一九四四年的事：

三天的年假，给了我一个很好的思想的机会。我在这三天当中，检讨了所有的过去，同时，计划了将来。我觉得过去的随它过去吧，不管它是酸甜苦辣；要注意将来，把握现在，于是我觉得有"自我革命"的必要。于是我拟定"新生十大信条"，以期自今年起，更外努力地去创造一个新的生命。

309

一、一个新生，是一定有着新的人生观。新的人生观，是活泼的、乐观的、健全的。

二、一个新生，一定有丰富的学术、丰富的学识。来源于正确的理解、仔细的观察。

三、一个新生，一定有纪律的生活。严格地律己，忠诚地待人。

四、一个新生，一定有果敢的毅力。要咬紧牙关，不屈不挠地，和黑暗的阻挫斗争。

五、一个新生，一定有高尚的品格。不欺骗人，同时也不欺骗自己。

六、一个新生，一定是勤俭的。能自己做的事，必得自己去做，能省的费用，必得节省。

七、一个新生，一定是乐群助人的。不可自私自利，要随时牺牲自己，为了大众！

八、一个新生，一定是朴实的。不唱高调，不蹈浮夸，而切实地努力于工作和事业。

九、一个新生，一定是爱国家、爱民族的。同时也是爱父母、爱师长、爱一切可爱的人的。

十、一个新生，一定有着高贵的爱情，要始终亲爱、谅解、安慰着甜蜜的爱人。

芬，你以为这十条太空洞、太广泛么，或者是太夸大么？是的，一个人绝对难于同时具备这些条件的，但是我愿把它作为我的十块指路牌，努力地向"新生"猛进！

李 白

先烈简介：

　　李白（1910~1949），湖南浏阳人，是《永不消逝的电波》中主人公的原型。1925年，加入中国共产党。1930年8月，成为红四军通信连战士，后到红五军团任电台台长兼政治委员，并参加了长征。1937年10月，受党组织派遣，赴上海从事党的秘密电台的工作。1948年12月，不幸被捕，在狱中坚贞不屈。1949年5月7日，被敌人秘密杀害。

给庆、祥二弟的信

庆、祥二弟：

　　我屡次写信给双亲的时候，都曾问过你们，但未曾单独写信给你二人，想必你们是会原谅我的。现在恰有闲暇特地来和你们谈谈，对于外界的情形我不能详细告诉你们，这是你们也知道的，我只有以下几句话对你们来讲讲。

　　回忆当年我与你们分别的时候，你二人都还是小孩子，一切都还不能自立，在那时候因家境贫苦，大家都度着那艰苦难熬的生活。我外出之后，幸赖双亲之力，汝等之助，得以维持家庭生计，你二人亦由此逐渐长大，现在可以说是都能独撑一面，单持一方了。现在家庭虽不算是富裕，或者比以前总要好得多吧？这当然一方面是要归功于双亲之力，同时也是你二人之助所得到的果实。

近日来听说庆、祥二弟之间略有不睦，这真使我闻之痛心，不孝的我既不能在家侍奉双亲，你二人又不能同心一致地替双亲分忧，反使双亲烦恼终日，你二人应扪心想想，年高的双亲现已年过半百有余，人生在世几何！不想法减少双亲苦闷，反各存私见去使双亲着急，这真是你二人太不孝了。这固然会使人们议论不妙，即你二人内心亦何忍耶！兄弟间口头争吵是难免的，大家都应退一步想，遇事须让三分。应该各抱互助互让的精神，谁不对，都应以坦白的态度去纠正他，自己也应以沉静的头脑去细想自己的缺点，往往是因不肯承认错误，而把他人的忠告当作恶言，这是要不得的。自己有错误，就要接受他人的忠言，从实际上改正自己的错误，这才真是一个有愿望的青年。绝不应因一点小事，在兄弟间进行明争暗斗，使得合家难安，去贻笑他人。我希望你二人从此再不应各存私见，二人同心协力为建造一个快乐的家庭而努力奋斗。

你二人正是少年立志的时候，古今中外像你二人那般年纪建功立业的亦难数举。改善家庭生活振兴门庭之重任，正在你二人肩上；你们不应将宝贵的时光让其流水般地过去，随时随刻都应注意到自己的学习。一个人立于天地间，都有自己一定的宗旨，将来自己准备做个何等样的人，农工商学兵都应自择其一，譬如你们现在都是以农为主，那你们就应专心研究，如何改进农业生产的发展，从实践中去得出结论来；从他人的经验中去追求上进，尤为重要的是文化理论的学习。在目前大时代中，无论准备做一样什么事，都离不开文字的通达，科学常识的初步了解，否则有责难任。在上海这城市中许多车夫以及工人大都能说几句流利的英语，我因英语、算术不好，许多事情都感到吃亏。你二人更加要努力去学习，因为小时读书读得少，现在又不学习，恐怕将来连简单的书报都看不懂，普通的信件都不会写，那你二人就错过了自己的宝贵光阴，成一个人群中的落伍者，永远都要受他人的指使，遇事遭受他人的愚弄，这是你二人要谨记的。

余不多叙，后会一定有期。

近佳!

华初

你嫂嫂慧英嘱我代问你二人及弟媳玉贞及桂生安好。

穆汉祥

先烈简介：

穆汉祥（1924~1949），回族，天津武清人。1945 年 10 月，在重庆考入交通大学电信管理系，次年随学校复员抵上海。1947 年，加入中国共产党。1948 年起，先后担任中共上海交通大学总支委员会组织委员、中共徐汇地区分区委委员。1949 年 5 月 20 日，被国民党军警杀害于闸北宋公园。

给交大同学的信

四〇社的朋友们：

争民主的斗争里，多少朋友牺牲了生命，我流点血，算不了什么，实在担受不起诸位友情的慰问。

自己这点伤，躺在医院，比起逮捕在集中营中的同学实在是够人惭愧。

够得上致敬的是他们。

今后望我们"团结"的工作更坚强，团结所有受苦难的人民，不幻想，不妥协，彻底地着实地消灭敌人，胜利才真正属于我们。

汉祥

二月二日

四〇社的朋友

你们是交大的生力军，望你们更加紧地"工作"。

李 卡

先烈简介：

　　李卡（1922~1949），广东化州人。中学时，积极参加抗日救亡运动。抗战胜利后，入广东国民大学新闻系学习，曾任广州《建国日报》记者，用多个笔名在报刊上发表文章，宣传革命思想。1947年，任粤赣先遣支队司令部参谋，同年加入中国共产党。1949年1月，被捕入狱，同年9月4日，在韶关被杀害。

给朋友最后的遗书

朋友：

当白色的恐怖正在蔓延着，死亡之魔在狂吼的时候，这不是一个凶信，而是一个喜兆，你接到应该为此而快乐，因为任何魔力明知是消灭不了我们，而自己的心正在发慌，又故意装出残酷的面子，干尽伤天害理的事。

我走了，以后再不会见我的笔迹，也许你为此而难过。

我们这一代就是施肥的一代，用自己的血灌溉快将实现的乐园，让后代享受人类应有的一切幸福，这就是我们一代的任务，是光荣不过的事业，死就是为了这，而生者亦是生的努力方向。几多英雄勇士为此而流血，抛出自己的头颅，

318

我不过是大海中一滴水、平原的一株草，大海无干旱之日，烈火亦无烧尽野草之时。

我走了，太阳我带不走，你跟着它呀！永远地跟着它呀！

朋友，努力！天一亮，你就会看见太阳的微笑。

愿你

幸福愉快

卡　留笔
旧历闰七月初三

此信是留下托友寄给你，那你可一目了然，希即转告各友，以免悬念。

不必要时不要通知英，她是个富有感情的女郎，知道了就会影响工作。

在此我深深向你致敬礼，并代谢各友之助。

又及

蓝蒂裕

先烈简介：

　　蓝蒂裕（1916~1949），四川垫江人。青年时，参加救亡运动。1938年，加入中国共产党。1939年，到重庆从事党的秘密工作。1948年，被派往梁平工作，因叛徒出卖被捕。在重庆渣滓洞监狱屡受敌人酷刑折磨，始终顽强不屈，表现了高昂的革命气节。1949年10月28日牺牲。

示　儿

你——耕荒，
我亲爱的孩子，
　　从荒沙中来，
　　到荒沙中去。

今夜，
我要与你永别了。
　　满街狼犬，
　　遍地荆棘，
给你什么遗嘱呢?
我的孩子!

今后——

愿你用变秋天为春天的精神，

把祖国的荒沙，

耕种成为美丽的园林！

陈作仪

先烈简介：

　　陈作仪（1917~1949），四川云阳人。1938 年，加入中国共产党。1944 年，到重庆从事党内联络工作，参加进步团体的筹建工作。1947 年 11 月，被派往云阳参加下川东武装起义，起义失败后返回重庆。1948 年 5 月，因叛徒出卖被捕，被关押于渣滓洞看守所。1949 年 11 月 27 日英勇就义。

致韩操实（节录）

操实兄：

接到你给我和小林的信一月多了，未回信，抱歉得很！这种情形，我没有什么很充分的理由来请你原谅，只有一个：就是重庆的朋友环境要复杂些，朋友多些，活动亦多些，你初到那里，总要单纯得多，你该相信这点吧！

…………

在六月十日以前给了一封信，昨天退回来了，我非常奇怪（江汉路六号），今天会着筠姊，她说我写错了地方，并说你来信提到我和小林未与你回信，我非常难过，今天特地来一封长信，安慰在苦闷无聊的生活里将要走到危险道路的朋友操实。谈到你的苦闷生活，我就活像亲身在领略样的，所以我特别同情。

环境的逼迫，经济的困窘，又无真的友爱，在这样的情形下过活，那是要有长期坚持力才能度过的，稍微对自己的生活松懈一下，就会逐渐滚入不可尝试的火坑里去。在目前，我看你须趁早转舵，假使再继续放松下去，那就等于自己杀了自己！

唯一的办法，就是严格管理自己，随波自流是会翻船的，在险滩中要清醒地自己掌舵，滥船要做好船医，决不要滥船拖着滥船划。

一个青年修养不很够的时候，常常会被金钱的引诱力和色情的魔力而陶醉。这两样东西，在人生的发展过程中，可能起着帮助和鼓励的作用，亦可起阻碍的作用，它支配着许多人的生命，也驾驶着人的灵魂，千千万万的有志青年在它的淫魔下潦倒！实兄：你是我们好朋友中不可多得的一个，我们不让你像这样危险下去，更不能看着一个好朋友将滚下岩而不伸出手去营救，因为好的青年并不怎样多。

…………

实兄：勇敢些，坚强些，莫为恶环境而同流，莫为金钱所动，莫为不正当的色情陶醉，在千头万绪中找出自己应走的一条正确路，坚持到底才是英雄，中途退却或变节都是懦夫。

即祝

近好

弟 作仪手上

七·廿六

刘振美

先烈简介：

　　刘振美（1916~1949），四川纳溪人。曾积极参加"一二·九运动"，投身抗日爱国斗争。1936年回川，从事进步文化宣传活动。1946年，参加中共地下组织领导的"青年学会"，宣传革命思想。1947年3月，自泸县返叙永途中，被特务逮捕，在狱中宁死不屈。1949年11月27日，在重庆渣滓洞惨遭杀害。

寄小朋友

……古今中外的大英雄，都是从艰难困苦中发展出来的。所以，你的困苦，正是替你将来的伟大建基础。小朋友，宽想些，努力些吧！并且大英雄要容忍得，受点苦不算一回什么事。

但是，你要把你所以受苦的原因认清楚。这不是别的，是社会的毛病。你要想完全解脱，除非摧毁了现实社会。在现实社会没有摧毁之前，人家骂你，你不要管他；人们不爱你，你不要理他；人们嘲笑你，你不要睬他。你只管向着能安慰你的地方走去，能解救你的地方走去！

虽然有暴风雨，有荆棘阻碍你；你千万不要遇着暴风雨而退缩，你也千万不要遇着荆棘而不前。须知光明之域，在暴风之中，荆棘之后呀！

所谓暴风雨，我也曾遇过！荆棘的丛途，我也曾走过！

可是都在我不畏缩的努力之下屈服了，消灭了。

小朋友，你走走我走过的路吧！人生的事，不是忧愁的悲观悲得了的；不是忧愁的苦德德得了的；是要创造，是要新生，才可以解决的。

小朋友，你重新努力吧！你努力创造你的新生吧！你虽然是一个弱者，被人嘲骂的弱者，可是我同情于你，我愿帮助你。

小朋友，何处不可以谋生。一个人只要有两手就够了。孙总理说：两手是万能。未必我们的两手就不会万能吗？你也是生得有两只手呀！

人生总是漂流，好像水上的浮萍，任随流水把它冲向不可思议之域……小朋友，你也听大潮的安排吧！

一九三五·十·十八夜于泸州

荣世正

先烈简介：

荣世正（1920~1949），四川达县人。曾考入西南联大电机系，参加了党的外围组织"民主青年同盟"。抗战胜利后，响应党的"到农村去"的号召，回到达县女中任教，在学生中建立"读书会"，并加入中国共产党。1948年，任开县工委委员，同年6月在开县被捕，被关押于渣滓洞看守所。1949年11月27日在大屠杀中遇难。

为同学题词二则

一

二十世纪是一个伟大的世纪，混乱的世纪，可咒诅而又令人赞扬的世纪。

在这个世纪，旧的死亡，新的生长。

在这个世纪，黑暗走到了尽头，光明已渐渐开始。

在这个世纪，屠杀、掠夺、战争、贫困，一切人类的苦难，都创造了历史上空前残酷、惨痛的最高纪录。

在这个世纪，人类为了拯救自己，反抗强权，反抗暴力，处处都表现了最英勇、最果毅的精神。

生长在这个世纪的青年，都鼓舞着热情。而且青年们的热情，正不愁没有发泄的地方。

抗战建国各个部门中，需要多少热情的青年参加工作；需要多少热情的青年，去推动历史的车轮，打开建设光耀的新世界的门槛。

参加神圣的工作吧。在工作中，你将被锻炼成最坚强、最勇敢的战士，你将尽可能发扬出你所有的长处，你将丧失你现在所有的缺点，你将成为世界上最完美、最理想的青年。

1943.1　华西协中

二

我想在你的脑子里，早已刻画着这样一个世界——一个没有战争，没有饥饿与眼泪，没有劫掠与屠杀，没有一切罪恶的完美的和平、自由、幸福的世界。这是你的理想，也是闪耀在大多数人们心里的理想。

为了实现这光辉的人类幸福的乐园，为了彻底消灭战争，望你努力，还望你勇敢地去参加人类最后一次的战争——消灭战争的战争。

1943.1　于华西协中

附注：上面这几段是我在成都华西协合高中毕业时，留在朋友们纪念册上的话语。我在鼓励别人，现在我自己也把他记下来，随时警惕自己。

荣世正　手记